幻想列車

上野駅18番線

桜井美奈

講談社
タイガ

イラスト――カシワイ
デザイン――池田進吾・千葉優花子（next door design）

目次

幻想列車

上野駅18番線

一章

紺野《こんの》　博己《ひろき》　二十二歳

諦めなければ夢は叶《かな》う、なんてことは嘘《うそ》——。

「僕はいったい、どうしたいんだろ……」

博己は自分のことなのに、どうすれば良いのかわからずにいる。誰かに教えて欲しかったが、すれ違う人が博己の呟《つぶや》きに答えてくれるはずはなかった。

三連休の初日で、しかも数分前に新幹線が到着したらしい上野駅は、まっすぐ歩けないくらい混雑している。近くにある博物館や動物園を目指して、全国各地から人が訪れているのだろう。

もっとも博己にとっては、博物館も動物園も関係ない。上野駅を最寄りとする大学に通うようになってから三年以上経《た》つが、物珍しさから各施設を訪れたのは最初だけ。大学の練習室を利用するため、週七日学校に通っているせいか、逆にいつでも行けるという気持ちから、縁遠くなっていた。

博己は流れに逆らうように、ひと気の少ない場所を探して駅の中を歩く。三年以上通っているといっても、普段使う路線以外は案外知らない。利用しない場所では、初めて東京に出てきたときに抱いた疎外感を、今でも味わう。

博己は東北出身の母親に「上野駅は昔、新幹線の終点で」という話を何度か聞かされた。それがどうしたと思ったが、母親にしてみれば、東京駅が終点になってから、少しずつさびれていく上野駅に寂しさを感じていたらしい。祖父になると、集団就職が……と、もはや歴史上の出来事を語る。

しばらく駅を歩いていると、閑散とした場所にたどり着いた。

山手線《やまのてせん》や京浜東北線《けいひんとうほくせん》が停車する一〜十二番線はひっきりなしに人の乗り降りがあるのに、そこから少し離れた十三番線以降は、嘘のように静かだった。行先《いきさき》を見ると、比較的長距離の路線とあって、運行間隔が長いらしい。しばらく列車の発着はなさそうだった。

「十三、十四、十五……あれ？」

長距離線は十三番線をスタートに、十七番線まであるのは確認できる。だが十八番線が見当たらない。博己の記憶では、十九番線からは新幹線のはずだ。上野駅の新幹線ホームは地下にある。

記憶違いだろうか。

いったんその場を離れて、構内図を確認する。一番から十七番、そこまではすぐに見つけた。そして記憶通り、十九番線以降は新幹線が発着する別の場所にホームがある。だけどやっぱり、十八番線だけが見当たらなかった。

「どういうこと？」

表記ミス？

そう思ったが、それ以上追求する気にはならなかった。大学の同級生に鉄道ファンがいるから、今度会ったらそいつに聞けば何か教えてもらえるだろう。

博己はもう一度、人のいない場所へ行った。

「それにしても静かだな……」

いつも使っている上野駅と同じ場所とは到底思えない。十七番線の隣の細長い通路は、まったくというほど人が通らず、端にポツンとベンチがあるだけだ。

風の流れは少なくやや蒸し暑いが、人混みよりもいくらかマシだ。ベンチに腰を下ろした。

博己は一度、深呼吸をしてカバンから封筒を出す。ハサミはもっていないから、定規を隙間に差し込んで封を開ける。三つ折りにされたA４の紙を開いて、ため息をついた。

書いてある文字が、期待通りでもあり、期待外れでもあったからだ。

「……春から先生かあ」

そこに書いてあるのは「採用」の文字。

先月受けた博己の実家のある地元の、私立中学校の採用試験の結果だった。アパートを出るときに届いていた。大学の練習室で日課であるピアノの練習をしていたが、その間も気になっていた。そんなに気になるのならさっさと見てしまえば良いのに、と他人事《ひとごと》なら言ってしまうが、見たいのに見たくない――早い話、見るのが怖かった。自分の将来の道筋が、それで決まってしまうのを知りたくなかったからだ。

とはいえ、いつまでも引き延ばせるわけもなく、覚悟を決めたのが今だった。期日までに書類の提出が必要と書かれている。出さなければ採用が取り消されるのだろうが、書類は大学の事務局に申請すればいいだけのことだ。

だがこれで、来年の四月からの自分の身の振り方が決まり、憂鬱になった。

「何で受かったのかな」

私立学校のため、欠員が出なければ募集はない。しかも音楽だ。これから公立学校の採用試験があるとはいえ、よく受かったな、と自分でも思う。いや、何かの間違いなんじゃないか、とすら思う。

試験会場でざっと見た感じでは、四十人以上はいた。採用は一名。つまり倍率は四十倍以上だった。

音大出身です、と言えば聞こえはいいかもしれないが、一口に音大と言ってもピンからキリまである。博己が在籍する大学は、お世辞にも第一志望にする人は多いとは言えないだろうという位置にあった。

しかも音楽の厄介なところは、仮に最高峰の学校を出たとしても、演奏家で身を立てられる人はごく一部ということだ。

実家が資産家なら、自腹で演奏会を行う人もいるが、資産家どころか住宅ローンがまだ残っているサラリーマンの博己の親にそんな財力はない。学部の学費を払ってもらえただけでも感謝しなければならないくらいだ。

だから働く以外の選択肢がない博己が、採用通知を手にして、ため息をつくなんておかしい。おかしいのだが……。

「はあ……」

博己の口は、ため息をつくために存在しているみたいだった。

ズボンのポケットからスマホを出した。親に連絡しようと指を動かす。結果がわかり次第、すぐに知らせるようにと母親に言われていた。

もちろん、これに落ちていたら、次は公立学校の採用試験を受ける予定だった。

『大学までは好きにさせてあげるから、卒業したら地元に帰ってきなさい』

音大に進学するときの条件だ。

「何で僕が受かったんだろ……」

教師が嫌なわけではない。音楽に親しんでもらいたい。音楽の楽しさを伝えたい。音楽の道に進みたい子どもがいるなら、その手助けがしたい。

そして、将来を見据えて安定した収入が欲しい、という気持ちがないといったら嘘になる。

だけど本音は演奏家になりたい。端的に言えばピアニストになりたい。将来的には指導者の道もあるとは思うが、まだ今の博己は、誰かを育てたいというよりは、自分の音楽を追究したかった。

でも大学で三年以上学んでわかったのは、世の中には上には上がいて、天才が自分よりも努力していて、どんなにあがいても、同じようにはなれないということだ。

自覚があるのなら、おとなしく敷かれたレールの上を走ればいい。

そう頭では理解しているのに、納得しきれない。

目をつむると、ステージにいる自分の姿が浮かぶ。

スポットライトを浴びてピアノを弾く博己は、聴衆の視線も耳も独り占めにして、自分の指が奏でる音を場内に響かせている。

何百回と練習しても、本番はたったの一回。そしてその本番で最高のものを披露することは難しい。実際、名のあるピアニストもミスをする。その日の体調などによるだろうが、思うような演奏じゃないこともある。本番ですべてがうまくいくことなど、そう何度もないのかもしれない。

ガチガチに緊張していたら、良《い》い演奏はできない。練習通りにすら弾けない。だけど、まったく緊張のない状態で最高のパフォーマンスを発揮するのも難しい。絶好のコンディションと適度な緊張感。前提に多くの練習を積み重ねることは言うまでもないが、すべてがカチッと合わさったときにだけできる演奏がある、と博己は思っていた。アスリートが「ゾーンに入った」という表現を使うが、そんな感じかもしれない。

そして博己にもたった一度、その「ゾーンに入った」経験があった。

が、それを常にできるかと問われたら――自信がない。あんなことはピアノを始めてから約十八年の間で一度しかないのだから。

自信がないなら、演奏家の道を諦めてしまえばいいのに、いつまでも悩んでしまう。もうずっと、思考はこのループに陥っていた。

「いっそのこと……忘れられたらいいのに」

ループの先はいつも、この考えにたどり着く。もちろんそんなことは不可能だ。でもそう思ってしまう。

「あー……どっちも嫌だ」

親に伝えてしまったら、本当に逃れられない。無意味とわかっていても、少しでもその時間を遅くしたくて、博己はカバンからペットボトルのお茶を出す。その下に、個包装のお菓子を見つけた。

「昨日もらったんだっけ」

就職試験で遠方にいった土産《みやげ》だと、学校の友人がクッキーをくれた。パッケージが違うだけで、中身はほとんど全国各地同じような品だ。もらったことを忘れて、しまいっぱなしにしていた。お茶に押しつぶされたらしく、袋の中で粉々になっていた。

「捨てるのはもったいないよな」

粉薬を飲む要領で、上を向いてクッキーを口の中に流し込む。粉が喉に張り付いてむせたから、慌ててお茶を飲んだ。

「そういえば……」

すっかり忘れていたが、先週も似たような理由でチョコレートをもらっていた。これも個包装のため傷んではいないだろうが、七月に入り、夏日を記録する日が多いせいか、袋の外から触っても、原形をとどめていない。

それでも捨てるのはもったいなくて、博己は封を開けてみた。

「食べようと思えば食べられそうだけど……」

見た目は微妙だ。チョコレートの形が崩れている。さらに今日も気温はすでに三十度に届く。暑さに弱いチョコは少し力を入れると形が崩れる。

直接持ったら、確実に指が汚れる。博己はさっきと同じように上を向いて、口の中に放り込むことにした。だがチョコレートが、袋に張り付いて落ちてこない。何度か袋を振って少しずつ滑らせようと――。

「あっ！」

焦《じ》れた博己が袋を振った瞬間、チョコレートは口ではなく地面に落ち、ベンチの下に入ってしまった。

「あーあ」

チョコレートは惜しくないが、拾うのは面倒くさい。とはいえ放置もできず、博己はベンチの下を覗《のぞ》いた。

「――ん?」

薄暗いベンチの下で何かが光っている。
五、六センチ程度で長細く、光を反射しているというよりは、そのもの自体がオレンジ色の光をぼんやりと発しているようだ。夏の最後に一匹だけ残った蛍のようにも見えるし、雲の隙間から覗く月のようにも見える。今日は汗が止まらないくらい暑い日なのに、なぜかベンチの下はひんやりとしている。だけど光の周囲だけは、安心感に包み込まれるような温かさがあった。
博己はそれに手を伸ばした。

「あれ?」

温かいと想像していたが硬くて冷たい。金属製だということは、指先の感覚でわかる。

拾って手のひらに載せた。

「鍵……だよな?」

ベンチの下では光っているように見えたが、ところどころ錆《さ》びてくすんでいる。真鍮《しんちゅう》製らしく、思っていたよりも重い。持ち手の部分の装飾は細やかだが、鍵として使う部分はシンプルな作りだった。

誰かの落とし物だろうか。それとも駅のどこかで使われているのだろうか。

どちらにせよ、駅員に渡せば博己の役目は終わる。それに拾おうとしたのは鍵ではなくチョコレートだ。

博己はもう一度ベンチの下を覗いた。

「……ない？」

思っていた場所とは違うところに落ちたのだろうか。他の場所も見る。だが、チョコレートは見つけられない。

まあいいか、と博己が顔を上げると、ベンチから十メートルくらい離れたところにあるドアが目に入った。

重そうなドアはレトロな雰囲気で、昔のヨーロッパ映画を思わせる。ただ、ドアの奥は見えない。ガラス窓一つなく、それより先に踏み込むことは許さぬと閉ざしているようだった。

すぅーっと、鍵を持っていた博己の右手が、自分の意思とは関係なくドアの方にのびた。

「え？　ええ？　えええ？」

腕が引っ張られる——ように感じる。足を踏ん張ろうとしても、ぐいぐいと引っ張られるから進まずにはいられない。操られているというよりは、見えない手が博己を動かしているようだった。

「ちょっ、ちょっ、ちょっ！」

ぶつかる！　と思ったが、ドアの前で足は止まった。その代わり鍵を持っていた手が穴に吸い込まれるように動く。真鍮製のそれは、抵抗なくスムーズに入った。

右に一度回す。カチッと音がした。

「え、開いた？」

内心ヤバいと思った。鍵がかかっているということは、当然部外者立ち入り禁止だ。駅だから運転士や車掌が出入りする場所かもしれない。博己の意思で開けたつもりはないが、はたから見れば博己が開けているのは明白だ。見つかれば、怒られるに決まっている。

背後から話し声が聞こえてくる。今すぐ鍵を届ければ、怒られることはないはずだ。でも博己の手は考えとは真逆に、ドアノブを回していた。もしかしたら抵抗できたかもしれないが、こんな場面でも、腕を痛める恐れがあることを博己にはできない。結果、されるがままドアを開け、中へと入っていた。

「——え？」

目に映る世界が信じられず、博己は三回瞬きをした。

でも何度繰《く》り返《かえ》しても、目の前にある景色は変わらない。博己は二度、両頰《りょうほほ》を叩《たた》いた。

頰が熱くなるだけで、やっぱり景色は変わらない。

ホームには一両編成の列車がある。そして、上野駅の案内板にはなかったはずの十八の数字。

「どういうこと?」

博己は夢でも見ている気分で、ゆっくりと列車に近づく。ドア一枚隔てたことで、タイムスリップをしたのかと錯覚するくらい、数十年……いや、もしかしたら一世紀くらい前にさかのぼったような気がする。それくらい車両は歴史を感じさせた。普段乗っている電車よりも二回りくらい小型で、何より目を惹《ひ》くのは車体が木製であることだ。

全体は艶《つや》やかな臙脂《えんじ》色で、窓枠は細い金色の縁で装飾されている。出入り口は一ヵ所しかなかったが、二枚の扉がスライドするタイプらしく、開口部は広い。

「……観光車両?」

ホームも列車も昔を再現して、客を呼び込もうという企画なのだろうか。昔の上野駅を再現して、イベントでも行えば鉄道ファンが集まりそうだ。

でもホームには誰もいない。どこかに監視カメラがあるかもしれないし、やっぱり入ってはいけない場所だったと、博己は電車に背を向ける。足をドアの方へ踏み出したとき、ガタガタと扉が動く音がした。

「オイ」

男児のような、可愛《かわい》らしい声がした。

ホームには博己しかいない。逃げられないと思えば、博己は振り返り——ヘンな生き物がいた。

「何をしている？」

近くの動物園から逃げ出したのかと思いたかったが、違う気がする。

「ジロジロ見るんじゃない」

……コレはなんだ？

後ろ足の二本で立っていて、体長は博己の腰よりは低い。指は短いが手足ともに五本ずつある。耳はウサギのようにピンとしていて……イタチのようなキツネのような、目がクリクリとしている愛らしい顔立ちだ。しっぽは細長く先端は少しクルッとしている。背の部分は茶色だが、腹の部分は白い。触ったら毛は柔らかそうだが、怖くてとても手が出せない。

こんな動物、見たことがない。

「オイ。返事くらいしろよ」

「え、え、えええ？　話してる？　いやいや幻聴。動物が話すなんてこと、あるわけない。ないったらない」

「なにをゴチャゴチャ言ってんだ。あるんだよ。オマエに呼びかけているんだよ」

博己はあたりをキョロキョロ見回した。でも他に人は見当たらない。

もしかして就職のことで悩みすぎて、精神的にマズイ状態になってしまったのだろうか。そういえば大学の先輩にも就職活動が思うようにいかず、心が不安定になった人がいた。

「病院行った方が良いかな……」

動物が博己の耳元で叫んだ。

「現実逃避してないでこっちを見ろ！　病院へ行きたきゃ止めはしないが、一人で勝手に結論づけるな！」

「…………うわぁぁぁぁぁ！」

「うるさい！　騒ぐな。そもそも話すのはニンゲンだけだと思うなよ」

思うだろ普通、とツッコミたくなったが、どうやら博己が認めたくない現実は目の前にあるようだ。

動物が話している。それも珍妙な動物だ。

「テオ、驚かせすぎですよ。お客様には丁寧な対応を求めます」

別の声が電車の中から聞こえた。声の方を向くと、制服姿の男性がいた。

「へ……」

間抜けな声が博己の口から洩《も》れた。

服装からして車掌か運転士だろうが、彼もまたちょっと驚きだ。もちろん奇妙な動物というのではない。姿かたちは人間だ。ただ、ちょっと見たことがないくらい綺麗《きれい》な顔をしていた。視線を合わせると、その中に落ちていくかと錯覚しそうな黒い瞳。鼻筋は通っていて、しかも高い。綺麗な二重の目は嫌味なほど左右対称で、左目の下にホクロがあった。口角の上がった唇は、自然と微笑《ほほえ》んでいるように見える。

二次元的なカッコよさ、と言えば良いのだろうか。少女漫画好きの博己の妹がこの男性を見たら、きっと目に涙を浮かべてキャーキャー言うのだろう。

「あの……この電車は……」

「この列車は、お客様が〝本当に忘れたい記憶〟へご案内いたします」

「は?」

「あ、申し遅れました、私《わたくし》この列車の車掌です。ちなみにこの車両の動力は電気ではございませんので、電車というよりは気動車になりますが、動力を考えるとその呼び方が正しいともいえず、やや説明が難しいところであります」

「はあ……」

博己には車掌が何を言っているのか、まったく理解できない。

「一両編成ではありますが、お客様にも馴染《なじ》みのある『列車』とお呼びいただければ結構です。この珍妙な彼は少々口が悪いですが、人間を食べはいたしませんので、あまり怖がらなくて大丈夫です。彼の言う通り、言葉を話すのは人間だけではありませんから」

「だよなー」

動物が車掌の言葉に同意していた。

理解を超えた情報が一気に押し寄せてきて、博己はどこからどう、ツッコめばいいのかわからなくなっていた。

コスプレ？　それとも何かのイベントの予行演習？

悩みながらも博己は一つの結論に達した。

「あ、ロボット！　最近のは良くできているなあ」

高性能のＡＩが搭載されているか、それとも博己には見えない場所からマイクで誰かが話していて、変な動物にスピーカーでもついているのか。着ぐるみのステージショーである手法だ。首から下がっている胸元の時計は、五百円玉くらいの大きさで、分針の動きが普通の時計の秒針レベルに速い。きっとキャラクターの象徴的なアイテムかアクセサリーだろう。

「観光列車の目玉にロボット。子どもが喜びそう。でもキャラ設定をもう少し優しい感じにした方が良いんじゃない？　子ども向けなら、可愛い方がウケると思うし」

「ああ？」

ヤの付く職業の人のような、威嚇《いかく》する「ああ？」に、博己は後ずさりする。わけのわからないロボットか着ぐるみは、距離を詰めるように、列車から顔を出した。

「あのなあ、自分が理解できないことだからって、理解しやすいように勝手に当てはめるな。世の中、理解できないことなんて、たくさんあるんだ」

「テオ、その辺でやめましょう。説明なしに理解しろというのは、少々乱暴だと思います」

「そんなこと言ったってなあ」

「私も最初は、テオの背中にチャックがあるんじゃないかと思ったりしましたから」

「本当か？」

「さあ？　どうでしょう」

男性ははぐらかすような笑みで、小さく肩をすくめた。映画俳優のような仕草に、思わず見とれる。その顔が博己の方を向いた。

「とりあえず、ご乗車になりませんか？」

「でも……」

「ご心配には及びません。お客様は、車掌である私が乗車を許可しておりますから」

「いや、そう言われても……」

やっぱり耳が長くてしっぽも長い喋る動物が気になる。

博己の視線を感じたのか、テオと呼ばれた動物が「取って食ったりしねーよ！」と言った。

車掌がゆっくりとうなずく。

「そうです。テオはチョコレートしか食べません」

「チョコ？」

「オマエ、さっきチョコをくれただろ。だからもてなしてやる。少しサクサクッとした歯ごたえの何かが入っていて、あのチョコは最近食べた中では、一番美味《うま》かった」

「もしかして……」

ベンチの下に落としたチョコのことを言っているのだろうか。

溶けかけたチョコだが、土産物激戦区の北海道の品だから、味は良かったのかもしれない。

「っていうか、僕が落としたチョコ、食べたの？」

「オマエが座っていたベンチの下は俺さまの縄張りだ」

隣から車掌が口を挟んだ。

「無許可ですけどね」

「迷惑はかけてないから問題ない」

なぜそんなにエラそうなんだろう？

テオが突然、博己に向かってビシッと短い人差し指を突き付けた。

「オイ、オマエ！　今俺さまのことを、エラそうって思っただろ」

「え、えええ？」

なんでわかった？

そもそも動物かロボットか、まだ結論は出ていない。監視カメラかAIか、はたまた地球外生命体か遺伝子操作を施されているか、マッドサイエンティストがよくわからない研究所で作り出した未知なる生物か。

博己の人生で触れてきた物語の世界を総動員させてみるが、結局のところ何もわからない。

怖い。とにかく怖い。心の中を見透かされるなんて嫌だ。

博己が逃げようとしたとき、車掌が「テオ！」と尖《とが》った声を出した。

「何度も言われていることだからといって、開き直るのはどうかと思いますよ？」

「開き直ってなんかいない」

反論しつつも、テオのしっぽがちょっと垂れ下がる。車掌は柔和な表情は崩さないまま、テオを見下ろした。

「だいたい、対話する相手に対して、オマエはないです。それでは威嚇しているのと変わりません」

「そんなつもりはない」

しょぼんとうなだれるテオは、もはや叱られている子どもだ。

テオは見ようによっては、口を尖らせているような表情で「名前は?」と言った。

「僕?」

「決まってるだろ。他に誰がいるんだ」

「テオ!」

車掌が強い口調で言うと、テオは「教えてくれよ」と少しばかり頭を下げた。

エラそうだと思ったが、こうして見るとちょっと可愛い。妹だったら、むしろ撫《な》でまわしそうな感じがする。

「紺野博己。この近くの大学に通ってる」

「へえ。何か、冴《さ》えない大学生って感じだな」

「テーオ!」

車掌のたしなめに、テオのしっぽは完全に垂れ下がった。

「乗れよ。チョコのお礼だ」

本当に乗っても大丈夫だろうか？　車掌を見ると、笑顔でうなずいた。

「いらっしゃいませ」

うさんくさい列車に不安がないわけではない。だけど話してみて、最初に感じた恐怖心は消えている。何よりこれに乗れば、どこかへ逃げられるような気がする。博己は列車に足を踏み入れた。

「うわぁ……」

列車内は心地よいくらいの温度で、少しひんやりとしていた。

普段揺られている車内とは別世界のような作りだ。前方には飾り程度の運転席があるが、本当に使えるかは怪しい。たとえ走ったとしても、それほど速くはなさそうだ。

その代わり、内装は目を見張るものがあった。華美ではないが、床も窓枠も天井も、目に入る部分の多くは木を基調としていて温かさを感じる。左右横一列に並ぶトーンを落とした薄緑色の座席は毛足の長い生地で、フワフワしてそうだ。車両の端に台座があり、花瓶が置いてある。種類はわからないが、バラに似た華やかな花が生けてあった。

明るさを確保するためなのか天井は白っぽく、床板は深い焦げ茶色……テオならブラックチョコレートと言いそうな色をしていた。

「この列車は、どこへ行くんですか？」

「それは博己次第だ」

呼び方がオマエから名前に変わっても、テオの尊大さはさほど変わらない。むしろ、名前で呼び捨てにされる方がムカつく。ムカつくけれど、距離が近くなったようには感じた。

「僕次第って？」

「さっきボヤいていただろ。〝いっそのこと……忘れられたらいいのに〟って」

「え？」

「ベンチに座って、情けない声で言っていたよな？」

体育館裏に連れて行かれたら、間違いなく財布を出してしまいそうな感じで、テオは博己に詰め寄ってきた。

もっとも博己とテオの間には一メートルほどの身長差がある。テオの顔の位置は博己の太ももくらいのところで、しかもよく見ると愛嬌《あいきょう》のある顔だ。声だけ聞いていると怖いが、顔を見たらそれほどでもなかった。

「まあ」

「それは今でも忘れたいと思っているのか？」

「わからない」

「見かけ通り優柔不断だな」

「テオ」

車掌が目を細めて、テオを見下ろしていた。一見するとテオが主人のようだが、実際は逆なのかもしれない。一定ラインを超えると、すかさず車掌が口を挟んでいる。

「良いんです。僕も自分のことを優柔不断だと思うし。どっちを選べば良いのか決められないから、忘れてしまいたいと思ったわけで」

車掌は「なるほど」と、表情を変えずに言った。

「そういうことでしたら、やはり出発した方がよろしいですね」

「え、どこへ？」

「それは、追々ご説明いたします」

車掌が上着の袖を少しずらして、左手首の時計に目を落とす。発車時刻を確認しているようだが、乗客はまだ博己一人だ。

「あの」

「何か？」

「この列車の運転士はどこに？」

博己がいるのは一両編成の列車中央。運転席はあっても、動かす人がいない。車掌が運転士も兼務しているのだろうか。それともまさかテオが……。

博己が不安を感じていると、座席に座ってふんぞり返っていたテオが「まあ見てなって」とニヤニヤ笑った。

車掌が乗降口から顔を出して、左右を確認する。首から下げていた銀色の笛を吹くと、ホームにその音が響いた。

車掌が手動でドアを閉める。列車がガタンと左右に揺れ始めた。

「え？」

本当に動くと思っていなかった博己は身を固くした。

最初はゆっくりと、やがて徐々にスピードを上げて、揺れは規則正しくなっていく。車両の前方が浮き上がり、車体が斜めになった。飛行機が離陸するときのように、地面に引っ張られるような力を感じる。博己は座席に手をついて、足の裏を強く床に押し付けた。

何が起きているのかわからない博己は、一瞬目をつむる。だが、見えないのも怖い。恐る恐る薄く瞼《まぶた》を開いた。

見慣れた景色が見る間に小さくなっていく。いつもは見上げる建物も、利用している上野駅も、あっという間に見下ろしていた。

「と、飛んでる……」

「何を驚いているんだ？」

「何をって……だって電車が飛んでいるんだよ？」

暑さで自分の頭がどうかしたか、夢でも見ているとしか思えない。

博己の足が震える。立っていられずに、テオの隣に座り込んだ。

「顔色が冴えないな」

「そりゃ、だって……」

「言っておくけど、夢じゃないぞ。だいたいニンゲンってのは、今起きていることが、自分の経験のないことだと、夢だと思い込む勝手なものだ。誰だって初めてのことはあるし、自分の知識に限界があることだって知っているくせに、ちょっと変わったことに遭遇するとすぐに」

「テオ、長いです。それに博己さんには聞こえてなさそうです」

「何だよ。俺がせっかく話していたのに」

車掌もテオも平然としている。今この列車に起きている現象は、太陽が東から昇り、西へ沈むのと同じくらい、当たり前のことだとでも言っている様子だ。

でも博己は違う。物語の中だけだと思っていた世界が、目の前に広がっていた。

「どうして飛んでいるの?」

「錯覚です」

微笑みながら言われても、信用できるわけがない。

現に東京の街はどんどん遠ざかっている。

ダメだ。窓の外を直視すると頭がクラクラする。博己は高いところが苦手だ。初めて乗った飛行機は小学生のときだった。全国コンクールに出場するために仙台から大阪までの路線に乗った。運が悪いことに、初めての搭乗で乱気流を経験した。死ぬかと思った。隣に座っていた母親に泣きながら抱き着いた。小学生とはいえ、高学年だった博己は、あのとき感じた恐怖心と人前で泣きまくった羞恥心が今でも忘れられない。

「おお、スカイツリーがあんなに小さく見えるぞ」

テオは意地悪だ。

列車は左右だけではなく、上下にも揺れているし、窓の外に見えるのは、青い空と白い雲だ。雲の切れ間から山なんかも見えて、富士山《ふじさん》かもしれないと思ったが、怖いからそれ以上は覗かないことにした。

テオは座席の背もたれに腹をつけて、窓の外を眺める。

「今日は良く晴れていて気持ちのいい日じゃないか。こんな景色を眺めながら、チョコを食べられたらどんなに楽しいことか」

車掌は冷たい笑みを浮かべた。

「昨日、チョコがついた手で私の服に触らなければ、今日は禁止しなかったんですけどね」

テオがうっ、と口をつぐむ。やり込められる様子を見ていると、あらためて二人の関係に疑問を覚えた。

「テオって、何者?」

「俺さまは、何者でもない。テオブロマという名も、あだ名みたいなものだ。ニンゲンの世界は、名前がないと不便だからな」

イマイチ理解できないが、テオはチョコ好きで高いところが好きで、車掌には頭が上がらなくて、テオブロマが本当の名前らしいけど、それもあだ名のようなものらしい。

「変わった名前だね」

「ほら見ろ。やっぱりチョコレートにすれば良かったんだ」

テオが車掌の方を向いて抗議する。車掌は少しばかり困った様子で、ポリポリとこめかみをかいた。

「語源を説明したら、そちらが良いと、テオが言ったんでしょう?」

博已が頭の中に疑問符を浮かべていると、車掌が「チョコレートの語源です」と言った。

「チョコの原料となるカカオの学名がテオブロマ・カカオといいまして、ギリシャ語でテオが神、ブロマが食べ物を表していて、その二つを合わせた言葉だといいます。それでテオが、チョコレートは自分が食すのにふさわしいものだから、テオブロマにしよう」

「――と、思ったが説明が面倒くさい。これで名前について訊《き》かれたのは、三百五十二人目だぞ」

「では今から変更しますか？　役所に届けているわけではないので、裁判所の許可をとるまでもなく、すぐに改名は可能です」

「それは……だな、いや、それも面倒くさい、か？」

すねているのか、変えたくないのかわからないが抵抗する。車掌にとってはいつものことらしく、はいはい、と適当にあしらっていた。

そんな二人のやり取りを聞きながら、博己はテオブロマの意味を考えていた。神の食べ物《テオブロマ》。そしてそれを食すのにふさわしいテオ。ということは、テオは……。

「ところで博己、チョコはもうないのか？」

「あれはもらったものだから、一つしかないよ」

「そうか……」

しょぼん、とテオのしっぽが垂れ下がる。なるほど、お菓子好きの四、五歳児だと考えれば、尊大に見えた態度も可愛く思えた。

「この列車は今、目的地がないまま、動いているだけですので、行先を決めるためにお話を伺ってもよろしいですか？　博己さんの忘れたいことを」

「えっと……」

言っても良いだろうか。

一瞬言いよどむと、テオは「話せよ。言わないと飛び続けるぞ」とやっぱり体育館裏に呼びださんばかりの態度をとった。

それは困る。そもそも隠すことでもなかった。

「ピアノを忘れたくて。あの……僕は大学でピアノを弾いていて……」

博己は現在の状況を説明した。音楽大学の四年生で、ピアノを専攻していること。実家は東北にあり、親に帰って来いと言われていること。大学院へ行くお金はないこと。そして——。

「僕はプロとしてやっていけない」

「実力がないのか?」

テオの質問はストレートすぎる。だが回りくどいより答えやすい。

「地元に帰って、音楽教室で教えるとか、たまに小さなイベントで弾くくらいはできると思うけど、大きなホールを埋めるくらいお客さんを集めるのは、無理だと思う」

「なるほど。子どものころから野球を始めて甲子園《こうしえん》には出られたけど、プロの世界へ行くことはできないって感じだな。もし運よくプロの舞台に立てたとしても、いつ契約が切られるかわからないくらい、ギリギリのラインって感じか」

ムカつく。でもテオのたとえは的確だ。博己のピアノは素人とは違う。ただ、プロとして活動しようとしたら、博己くらいの人はたくさんいる。そして、博己よりもはるかに上手《うま》い人もたくさんいる。さらにいえば、そんな人たちでさえ、活躍できる場は多くない。

「そうだよ。僕くらいの演奏家は山ほどいる」

「じゃあ、プロになるのは諦めれば良いじゃないか」

テオは問題解決、とばかりに話を切り上げようとするが、悩みはそんなに簡単なことではなかった。

「僕はピアノが好きだ」

「じゃあ、弾けばいいじゃないか。それとも、ピアノはプロじゃないと弾けないのか？」

「そうじゃないけど……」

確かにピアノは誰だって弾ける。楽しんで弾くのは良いことだし、趣味として生涯続けるのも、素晴らしいことだ。

だけど博己が求めるものとは違う。ただ楽しむのではなく、一つの曲を突き詰めて、イメージする演奏ができるようになるのは、趣味の世界では難しい。

小学生のころ、博己は自分に自信を持っていた。大人でも難しいレベルの曲を弾いていたし、少なからず結果を出していた。

だけど、それは小さな世界のことだった。地元で行われたリサイタルで、博己がコンクールで入賞したときに弾いた、モーツァルトのピアノソナタを聞いたときだ。

ピアノという同じ楽器で、同じ楽譜を演奏する。クラシックの世界では当たり前のことだ。ただコンクールの直後とあって、博己は自分に自信があった。それが子どもの思い上がりだと気づかないまま、ソロリサイタルを開くピアニストの演奏と、自分の演奏を比べようとした。

だが冒頭の数小節で、博己の鼻っ柱は見事なまでに折られた。音が違う。軽やかに弾いていても軽いのではない。テンポも違う。ただ速いだけではなく、すべての音の粒がそろっていて、クリアに聞こえる。力を抜くのと手を抜くことの違いも、一回の演奏で思い知らされた。何より、音から物語が見える。コンサートホールだけでなく、博己の心の中に曲の世界を作った。

「ええと、だから僕は……つまり……」

博己が言葉に詰まると、すかさず車掌が口を挟んだ。

「テオ。結論を急ぎすぎないでくださいね」

「博己を見ているとイライラするんだよ。やりたいことがあるなら、やれば良いのに、何をぐずぐずしているんだと思う」

「そういう性格の人に言ったところで、どうにもなりませんよ」

とりなしているように見えて、車掌の方がテオより厳しい。

わかっている。博己は指導を受ける教授にも、最近、似たようなことを指摘されたことがあった。

博己の担当教授は他の教師に比べると、自分の意見を押し付けないほうだ。学生の意見も聞いてくれるし、音楽にはいくつもの解釈があってしかるべき、と思っている人だからだ。

曲はショパンのバラード第一番ト短調作品二三。クラシックに馴染みのない人に曲名を言っても首を傾《かし》げられるが、出だしのフレーズを聞けば「ああ！」となるピアノ曲を練習しているときだった。

博己はおおむねどの曲でも、楽譜をより正確に弾くことを演奏の主軸に据えている。もちろん、そこに奏者なりの解釈を加えていくものだということも理解しているが、それ以上に作曲者が表現したかったことを考える。それまでの曲では、教授もそれを基本としてくれていた。

この曲の背景にはショパンと同郷の詩人、アダム・ミツキェヴィチの作品があると言われている。歴史的伝説「コンラード・ヴァーレンロッド」のエピソード……戦争に敗れ、捕虜として連行された少年が国の再興のために知略をめぐらし、やがて悲願は達成されるものの、最後は命を絶つ、という話だ。

だから国を背負う壮大な物語を曲の中で表現したいと博己は訴えたが、教授は別の話をしてきた。

「この曲ができたころ、ショパンは一人の女性に恋をする」――と。

国の復活と恋の話。スケールが違いすぎて、曲のイメージにはそぐわない、と博己は教授に伝えた。だが教授はそうとは言い切れない、と博己の考えを支持してくれなかった。

国と恋。大勢の人の運命と一人の女性への想《おも》い。

博己も、恋に振り回されている友人を見たことはある。恋の始まりは酔いしれ、失恋すればこの世の終わりみたいな顔をする。食事すら満足に取れない人もいる。

だけどそれと、国を天秤《てんびん》にかけることは、博己にはできなかった。できなかったが……教授に反論することも難しかった。意見の相違を気にする教授ではないことを知っていてもだ。

だから、博己は自分の意見を引っ込めて、言われた通りに曲を解釈しようとした。だけど練習を重ねながら、やっぱり自分の意見の方が良いのではないか、と思いながら弾き、演奏に迷いが出た。

迷うくらいなら納得したフリなどするな、と普段は穏やかな教授に強い口調で言われた。自分が正しいと思うなら、ちゃんと主張するべきだと。

それを聞いて、博己は国か恋か。こだわるのはそこではなかったのだと、気づいた。

「教授は僕を試していたんだ。実際、僕の解釈の方が一般的で、筋道立てて主張すれば受け入れてくれたと思う。でもできなかった。自分の意見を貫けなかった。僕が厄介なのは、貫けないなら流されれば良いのに、それもできなかったことだ。だからいつも、悩みのループから抜け出せないでいる」

博己はテオに呆《あき》れられるか笑われるかと思ったが、それよりも先に車掌が反応した。

「悩むということは、博己さんにとって、それだけ大切なんだと思います。ピアノを好きなのに忘れたいって、矛盾しているじゃないですか。普通、好きなら続けたいと思うでしょう？」

「それはそうだな。じゃあプロになれば良いじゃないか」

五歳児テオの発想は単純だ。

テオは座席から飛び降りて、博己の前に立った。

「プロになるには何か試験があるのか？」

「音楽の場合はないよ。演奏家なんて、名乗ったらその日からプロだから。でも、名乗ったところで、今と変わらない」

「変わらない？」

「医者とか自動車のように免許なんてないから、今日からプロになりました、と言っても法律的には問題ない。でも名乗ったところで、仕事がない。ステージに立てない。それじゃあ、今と同じだ」

「ステージに立つには、どうすれば良いんだ？　オーディションみたいなものはないのか？」

「楽団とか……なくはないけど狭き門だよ。それにピアノの場合、ソロで弾くことが多いから、オーケストラと共演となったとしても、単発で雇われるケースがほとんどだと思う。有名ピアニストならオファーが来て、その中から仕事を選んでいくけど、そういう人は、ピアニストを名乗る人数からしたら少数だし」

そしてオーディションがあったとしても、倍率は恐ろしいことになるだろう。数十倍、数百倍の倍率に、博己は勝てる自信はないし、オーディションなしに選ばれる自信もない。リサイタルを自主開催する人もいるが、博己ではチケットを捌《さば》けず、赤字になるのが目に見えている。

だから博己も悩んでいる。悩んでも結論が出なそうだったから、忘れたい、と思ったのだ。

「ピアノのこと……プロの演奏家になりたいって気持ちを忘れられたら、もう悩まなくて良いし、楽になれるかなって」

揺れる気持ちは、一瞬で右にも左にも振れてしまう。今はピアノを忘れてしまえば、と思うけれど、数秒後には、やっぱり教師という選択肢を忘れてしまえば、とも思う。

その時々で結論が変わってしまう。

車掌が博己の隣に腰を下ろした。

「それなら、悩みを整理しましょう。本当に忘れるべきことは何なのかを」

「忘れるべきこと?」

ええ、とうなずいた車掌に、博己は見惚《みと》れてしまった。

列車に乗り込んでから、何度か手厳しいことを言われている。だけど友人や教師に言われたときと違って、反発したいと思う気持ちにはならない。

車掌の口からこぼれる言葉が、現実的に感じないせいなのかもしれない。テオと違って人ではあるけれど、どこか作り物のように整った顔立ちの車掌は、この世のものとは思えない……人の形をした精霊や妖精の類といった感じがするからかもしれない。

その妖精もどきの車掌が、博己の方に身体《からだ》の向きを変えた。

「忘れる、ということにもいくつか種類があります。例えば……博己さんはピアノそのものを忘れたいのですか? 一生、弾かずに過ごすことは可能ですか?」

「一生? それは考えたこともなかった」

「そうですね。……例えば両腕を切断したとして、強制的にピアノが弾けなくなったらどうしますか?」

ゾッとするようなことを口にした車掌は、例えば、と言っているわりには、例えにも冗談にも聞こえなかった。

「両腕を切断したら、ピアノ以前に、日常生活も困ると思うけど……」

「例え話です。切断がイメージしにくいのであれば、麻痺《まひ》でも構いませんよ」

テオが優しいと勘違いしそうなくらいだ。

仮定と想像するには、あまりにもぶっ飛んでいる。

「どっちも想像できないんだけど……」

「では、もっと具体的に考えましょう。自分の将来に不安がある。日常生活には支障がない。ピアノを趣味として楽しむことはできる。不安が付きまとうのに、プロを諦められない理由はなんですか？　ではなぜ、安定を選択することに、積極的ではないのですか？」

最初から見透かされていたのか、それともただの偶然か。

車掌の質問は、博己の悩みそのものを突いていた。

「コンクールで入賞したから……」

「思ったよりやるんだな」

テオは唇をすぼめて息を吹いた。口笛を吹こうとしたようにも見えたが、聞こえたのはふーっと、ろうそくを消すような息づかいだけだ。テオと人間では唇の形状が違うのだから、無理なんじゃないかと思ったが、怒られそうなので黙っておいた。

「コンクールといっても小さいもので、参加者も多くはないんだ。〝箔《はく》〟になるものでもないし」

「コンクールもいろいろあるのか？」

「うん。世界的に有名なコンクールだと、入賞者にはスポンサーがつくこともあるし、留学場所や、デビューのステージだって用意してもらえる。賞金が出るものもある」

「博己は何も、もらえなかったのか？」

「あ……まあ、副賞は一応あったけど」

「凄《すご》いじゃないか！」

テオは興奮しているが、ピアノのコンクールでもらう物としたら凄くはない。

ご当地名産の野菜で作ったジュースの詰め合わせ。美味《おい》しくいただいたが、商店街の福引の二等の景品であっても驚かない品だ。スポンサーが企業ではなく、自治体だったことが原因だろうが、そもそも大きなコンクールでないのが理由だ。

だから博己も、それがピアニストとしての足掛かりになるコンクールでないことは、重々承知している。だけどそれは、小さな自信にはなった。

博己は子どものころ、全国コンクールで入賞した。その年の会場が大阪だった。規模としてはかなり大きなもので、当時教わっていたピアノの講師からは、将来が楽しみだと期待された。

でも、博己が成果を出せたのは小学校六年生まで。中学生になると、周囲がレベルアップしていくなか、足踏みを始めた。後になって思うと、博己は平均よりも、身体の成長が早かったのかもしれない。小学生にしては手も大きく、指も長かった。その体格を生かして、力強い演奏をしていた博己は、身体の成長が止まると同時に、ピアノの方も伸び悩んだ。もともと性格も内向的で自分に自信が持てないタイプだっただけに、結果が出なくなっていくと委縮した。悪循環のサイクルはどんどん加速し、大学に入ったころには、すっかり自信を失っていた。

そんな中、参加したコンクールで入賞した。本番で上手く弾けたのは、これが最後のコンクール。そう、開き直りの気持ちで挑んだからかもしれない。そして――小さな自信を得た。

「普通に考えれば、学校の先生になるべきだと思うよ。僕だって、友達が悩んでいたら、そっちを勧めるし」

「音楽活動と並行して、お仕事はできないんですか？」

「そうしている人もいるけど……今のような練習時間を確保することは難しいかな」

もちろん教師をしながら音楽活動をする人もいるが、そういう人の多くはフルタイムで働いていない。そしてその場合も、実家の援助を得ている人は多い。そうでなければ生活できないからだ。でも博己は働かなければならない。そしてクラス担任に加え、吹奏楽部の顧問もしてもらうと、説明会の段階で言われている。部活動を担当すれば当然、土日や長期休みも出勤の必要がある。

「教えることだって大切なことくらい、僕もわかってる。でも、もう少し自分のために弾いていたいんだ」

車掌が窓の方を向いた。

どのくらい高度を上げているのか、博己には見当もつかない。列車はずっとかすかに揺れながら飛び続けている。外の様子が気になった博己は、薄目でゆっくりと窓の外を見た。

「あれ？　何も見えない」

正確に言えば、雲の中を動いているのか、周りは白い靄《もや》に覆われていた。

「ここはどこ？」

「博己の悩みの中」

テオがからかうような笑みを浮かべている。口笛が吹けない動物でも、バカにしている表情は人間と同じらしい。ムカつく。

「それにしても、ニンゲンは面倒くさいな。どこまで聞いても、やりたいようにやれば良いと思うぞ」

「簡単に言わないで。生活のために仕事をしないとだから」

「じゃあ、仕事をすれば良いじゃないか」

それは博己もわかっている。だから現実と、自分が求める理想の中で、ずっと揺れているのだ。この列車のように。

「俺さまには、結論が出ているのに、悩むってのがわからないな。生きるために仕事が必要なら、働くしかないだろ」

テオ！　そう、車掌が叱るのではないかと博己は思った。だが、今回は何も言わない。それればかりか、テオの方ではなく博己を見ていた。

黒い瞳は深い闇のようで、とりこまれてしまいそうな気さえする。本心を口にしなければ、視界の開けない雲の中を永遠にさまよっているように思った。

「実は……学校の採用結果が来る一週間くらい前に、別のコンクールの二次審査の結果が届いたんだ」

一次審査は録音した音源を本部へ送った。それに合格すると二次審査。二次は採用試験の二週間前にあった。このコンクールは、前回入賞したものよりもずっとレベルが高い。優勝者は一年間の留学場所と費用まで面倒見てもらえるとあって、多くの若手音楽家が挑んでいた。

博己はこれで三度目の挑戦だったが、最初は一次審査で落ち、去年は二次審査で落ちた。

「今年もダメだと思っていたんだけど……」

「通ったんですね？」

「今のところは。ここでダメだったら、悩まなかったんだけど」

「そんなの、悩まずに弾けば良いだろ。上手くいったらOK。失敗したら、先生になる。それで問題あるか？」

「テオにしては、まと……人間みたいな意見だね。たぶん、教授もそう言うよ」

「そうだろ。俺さまは日々成長するんだ」

さあ褒めろ。そんな感じで得意そうな顔をしている。

車掌がテオの喉を撫でた。テオの目が細くなって、リラックスした表情になったかと思いきや――

「ネコじゃない！」

怒った。

車掌はテオを適当にあしらいながら、博己の心情を推し量ってくれた。

「そうできないから、困っているんですよね？」

「たぶん僕は、演奏家の夢を捨てきれていないと言いながら、それを目指すのも怖い。仮に……もし仮に、そのコンクールで良い成績をおさめたとしても、その先の保証は何もないから。留学したところで、一年間は猶予をもらえるけど、結果的にまた働くことを考える可能性が高い。今回採用された場所を蹴ったら、次は同じ場所は無理になる。別の学校での採用枠があるかどうかもわからない。そもそも、こんなに迷いながらだと、結果も出せそうにない。練習にも集中できないし、本番だって上手くいくとは思えない。頭の一方で就職のことを考えて、もう一方で不安を抱えてピアノを弾いて。いや、一生その不安定な生活を続けることも怖い。でも怖いのにやっぱり演奏の道を諦められなくて。それに先生になるなら、コンクール向けの練習はしなくても良いんじゃないかって思ったりもする」

今の博己の状況で、何がベストな選択なのか、悩み過ぎてわからない。

頭を抱える博己に、車掌は「わかりました」と立ち上がった。博己を高い場所から見下ろしていた。

「ご希望通り、博己さんの記憶を消しましょう」

「え？」

そんなことできるわけは「ない」と言い切れないのは、この奇妙な場所なら「ある」かもしれない、と思ってしまうことだ。

「……本当に？」

「ええ。ただし、悪い記憶を消す代わりに、良い記憶も消えます」

「どういうこと？　楽しい思い出が全部消えるってこと？」

車掌は、小さく首をかしげて「正確には少し違います」と言い直した。

「ほとんどの人の場合、消したいと思うのは悪い記憶です」

それは当然だ。

「わざわざ、楽しかった思い出まで消したいとは思わないよ」

「はい。ですので、悪い記憶と良い記憶と言いましたが、実際は〝消して欲しいと望んだ記憶〟を消去するには、〝それと同じ価値を持つ記憶〟も消さなければならないというわけです。嫌な記憶が大きければ大きいほど、対価として消す方の良い記憶も大きいものになる……良い思い出も消えてしまう、ということです。ご理解していただけたでしょうか？」

「えーっと……」

車掌の言いたいことは何となくわかった。が、悪い記憶は消したいが、良いことを忘れたいわけではない。

それではプラスマイナスゼロどころか、場合によってはマイナスに感じる。

「その条件で、記憶を消したいって人はいるの？」

胸に手を当てて、車掌がニコリと笑う。

「もちろんいらっしゃいます」

その笑顔が完璧すぎて逆に、本当か？　と博己は疑った。

「人間は追い詰められると、リスクを考えませんから。例えば……そうですね。今、博己さんの右腕を切りおとすか、それとも命を奪うかの二択になった場合、どちらを選びますか？」

「それはさすがに、腕を」

「さきほど腕を失うと、日常生活に困るとおっしゃっていましたが？」

「そうだけど、その二択だと仮に腕が残っても、命がなければどうにもならないし……」

「ピアノが弾けなくなっても？」

「病気が原因で、片手が使えなくなったピアニストが、動く方の腕だけで演奏しているケースもあるから、命か腕かと言われたら……命を選ぶよ。たとえその先、生きていて辛《つら》いことがあっても、死んでしまったら元も子もないし」

ああそうか、と博己は車掌が言っていたことを理解した。命がかかるとリスクの考え方は変わってくる。

「リスク……か」

ピアノ一つで成功する可能性はほとんどない。だからピアノを選べば生活のリスクが付きまとう。

逆に教師を選べば、続けている限り生活の心配は少ない。ただし、ピアノに未練を残したままでは、教師という仕事が続くかどうか怪しい。

ますます選びにくくなった。それに今度は、記憶を消したリスクも気になり始めた。

「もし、どっちの記憶も消したくないと言ったら？」

「その場合は、元の場所へお帰りいただけますのでご安心ください」

「あ、なんだ」

なんだ、と言いながら、博己は、じゃあ記憶を消さない、とは思えなかった。

「どっちを選べば良いのか……」

「見てみますか？」

「何を？」

「説明するよりも、ご覧になる方が早いですよね」

そう言いながら、車掌は左袖をずらし、腕時計に視線を落とす。

相変わらず窓の外は雲の中を走っているのか白い世界に覆われている。が、少しずつ高度を下げているらしく、飛行機の着陸が近づいているときのような感じがした。

どこかへ停車するのだろうか。

「見るって何を？」

「記憶を消さないまま、どちらかを選んだ場合の未来です」

「え？」

「まあ、見てなって。百聞は一見に如《し》かず、だ」

そう言ったテオの胸元の時計の針が、それまでよりもさらに速くグルグル回っていた。

何が起こるのだろうという不安から、博己はすがるような視線でテオを見るが、人間臭い言葉を発したまま、やっぱりニヤニヤしていた。

急速に列車が降下する。体感的には、遊園地のジェットコースターが落下するときに似ていた。

「落ちる、落ちる、落ちる――」

焦るのは博己ばかりで、テオは涼しい顔をしているし、車掌にいたっては、どこにもつかまらずに立っているのに、ふらつきもしない。

でも車体はガタガタと揺れている。

「平気だって」

余裕のテオは、鼻歌でも歌いそうな雰囲気だ。

「平気なわけないよ！　墜落したらどうするんだよー」

「墜落なんてしない」

「根拠は？　過去に墜落したことがなかったからって、未来も墜落しないとは限らないよ！」

テオが「ほぅ」と少しだけ感心したような声を出した。

「テンパッているわりには、理屈は通っているな」

「そうですね。おっしゃるとおり、過去がどうあれ、未来に絶対の保証はありませんから、この列車がどうなるかは、私たちにもわかりません」

そこは否定して。

言わなきゃ良かった。博己は深く後悔した。

車体は上下左右に揺れている。落下しているときのフワフワとした感覚は、どこにつかまっても不安で、博己は隣に座っているテオの手を握った。

「おい、よせ。俺さまに触るな」

テオは抵抗するが、博己は離さない。テオの毛は、想像よりもずっと柔らかかった。それで少し落ち着いた、かと思ったが、終わりがわからない落下は、ジェットコースターよりもはるかに怖い。

「大丈夫だから、落ち着けって」

「嫌だ。無理無理無理無理――」

怖くて外を見ていられず、博己はきつく目をつむる。ダメだ。人生終わる。今どこにいて、どんな状況なのかはわからないが、二十二年間の人生が終わる。

もう耐えられない、いっそのこと、ひと思いに殺《や》ってくれ！　そう思ったとき、車体がドォンッと、激しい衝撃を受けた。

「……あれ?」

衝撃を受けたことには違いない。でもどこも痛くないし、何より車内は初めに見たときとまったく何も変わっていない。花瓶が落ちるどころか、花もバランスよく配置されたまま、少しも動いていなかった。

車掌がドアを開ける。

「到着いたしました」

「どこ……？」

駅に着いたと思った。ドアが開いたら、ホームがあって、誰か乗客がいるのかと思っていた。だけど何も見えなかった。

車掌が開けたドアの向こうは濃い霧のようなものに覆われている。霧はドアから車内に入ってきて、すぐそばにいる車掌の姿さえ見えなくなる。冷たくないのに、博己の身体はひんやりとした。

「大丈夫です」

車掌の声がしたと思ったら、博己の隣に立っていた。微動だにせずドアの向こうを見ている。待て、ということなのだろう。

大丈夫の言葉通り、やがて視界が開けていく。夜から突然朝に切り替わったように、明るくなった。

そこにあったのは、駅のホームではなく、博己の知っている風景だった。

「ステージ……？」

舞台の中央にグランドピアノが置いてある。開演前なのか、客席には誰もいない。

「ええ。博己さんがどの記憶も消さずに演奏家を目指したら、こうなるだろうという未来です」

※

ポーンとピアノの音が響く。ステージ上で男性が白鍵を叩いていた。

フェルトが弦を打ち鳴らす音は規則正しい。指の動きはピアニストとは違い、メロディーは奏でない。一音一音確認するようにホールに音が響いている。

ピアノに触れているのは調律師だ。動きには迷いがなく、すべてが流れるように作業が進む。

道具をしまうと最後は柔らかな布で、鍵盤をぬぐった。

「完了しました」

まくり上げていたワイシャツの袖を下ろしながら、調律師は舞台袖に声をかけた。

「ありがとうございました」

舞台袖にいた博己が調律師に近づき頭を下げる。

「こんなお時間に申し訳ありませんでした。他の調律師ではどうしても……」

「光栄なことです。まあ、もう少し早く連絡をいただけたら、助かりますけど」

時刻は午前二時。コンサートに合わせて、調律師に無理を言うことはあるが、さすがに時間が遅い。劇場内に残っているのは、博己とこの調律師だけになっていた。

本来、今の調律は予定にはなかった。このピアノは二日前にすでに、別の調律師が作業をしていたからだ。が、ピアニストがピアノの状態に不満を覚え、直前になってこの人に頼んだ。

調律師が苦笑する。

「あなたに言ってもどうにもならないですけどね。私も彼のようなピアニストから依頼されるのは名誉なことですから、可能な限り頑張りますよ」

叱責されたわけでもないのに、博己の胸が痛む。調律師に悪気がないことはわかっているのに傷つく。

それでもこんな時間に我がままをきいてもらったことには、感謝しなければならない。

「本当に……ありがとうございます」

博己はもう一度頭を下げながら、両手の拳を握りしめていた。自分は派遣会社に登録している人たちへ一斉に募集のメールが配信される、ただの日雇い。日時、仕事内容が合えば、早い者勝ちでその仕事に就ける。日雇いだから、数日後には給与が振り込まれる。いつもギリギリで生活している博己にとって、この仕事はありがたかった。

本業はピアニスト――と言いたいところだが、実際は週に一度、レストランで弾く以外、ピアノの仕事は入っていない。生活を支えているのは週に五日のコールセンターのアルバイトで、お仕事は？　と質問されると答えに困る。

二つの勤務は動かせないため、イベントの仕事に入ることは少ない。それでも、今日はたまたま時間があいたために入れた。

最初はラッキーだと思った。ピアニストを間近で見られる。一部ではあったが、リハーサルの演奏を聞くこともできた。自分がステージに立てなくても、コンサートに関わる仕事は良い勉強になる。……と、思っていたが、むしろ得たもの以上にみじめさが残った。これなら、先月のアイドルコンサートの警備の方が、何も考えずに仕事をしていられて気が楽だった。

大学を卒業してもうすぐ一年。生活していくお金を得るだけで精いっぱいで、最近は練習の時間すらままならない。学生時代は大学の施設を使えたが、卒業した今は防音設備のないアパートの部屋で、ヘッドフォンをして電子ピアノを弾くのがせいぜいだ。

博己は調律が終わったばかりのピアノを見た。

弾きたい。白と黒の鍵盤が、博己の目には輝いて映る。

この広いホールで、グランドピアノを思い切り弾いたら、どんなに気持ちの良いことか。

博己は時間があるとき、時間貸しの練習室を利用している。家庭によくあるアップライトピアノの一番安い部屋で、一時間千円くらいする。グランドピアノになると千五百円は必要だ。しかも練習は一時間では足りない。もっと弾きたい。だけど金がない。グランドピアノは、ここ三ヵ月ほど弾いていなかった。コンサートホールに置くサイズのグランドピアノとなると、学生時代に弾いたきりだ。

コンクールに参加しようにも、練習できなければ結果は目に見えているし、参加費も安くはない。練習場所や時間の確保のために働き、働いていると練習ができない。ピアノ以外のスキルのない博己が稼げる金額は生活に消え、何とかなると思って踏み出したこの生活は、まったく何とかなっていなかった。

「あーあ」

見上げると、明るいライトが目に入った。

「あのとき、結果を出せていたら、違ったんだろうけど」

就職先を確保したまま臨んだコンクールは、三次審査で終わった。

演奏は、途中までは良くはなかったが、悪くもなかった。ここで挽回《ばんかい》すればまだチャンスがあるかもと力がはいったら、坂道を転がるように失敗が続いた。

でもそれは、練習通りだったともいえる。博己は練習から上手くいっていなかった。頭の片隅で、ダメなら教師になれば良いという気持ちがあったからかもしれない。百パーセントの力を出し切ったとしても、上手くいく保証などなかった博己が、そんな浮《うわ》ついた状態で、成功するはずもなかった。

それでも卒業までに気持ちを決めきれず、教師は辞退し、演奏の道に進むことにした。が、今のところ何もしていないに等しい。

生きていくだけの毎日に、この道を選んだことを、すでに後悔していた。ピアニストを目指すなんてことは、身の程知らずだったと思い始めていた。

「どこまでやったら、諦められるんだろ」

もう少し頑張ってみたら。

もう見切りをつけたら。

何度もその二つの間で揺れている。新しい道を見つけるなら、早い方が良いと親もうるさい。

だからそろそろ諦めた方が……そう思うのに、こうしてピアノに向かっていると、また弾きたい気持ちがわいてくる。

博己は鍵盤に指を載せる。部屋にある、電子ピアノとは違う感触に、博己のテンションが上がる。

何を弾こうか。

博己の頭の中に目まぐるしいくらいの音符が走る。耳の奥に旋律が響く。

そうだ。ベートーヴェンのピアノソナタ第七番を弾こう。コンクールで入賞したときの曲だ。コンサートホールなら、博己にとってこれが一番ふさわしい曲に思えた。最近はあまり弾き込んでいないが、楽譜は頭の中に入っている。

博己が腕を上げ、下ろそうとしたとき——。

「すみません。調律師の方も帰られたみたいなので、そろそろここを閉めたいんですけど」

「え?」

背後から聞こえた声に振り向くと、大柄な警備員の姿があった。帽子を上げて目を細めている。

「準備はもう、終わりましたよね?」

「え、あ……いや、ちょっと」

博己がしどろもどろで答えると、警備員の目が光る。靴音を響かせて、近づいてきた。

「君、バイトだよね? 遊びでいじっちゃダメだよ」

「え……?」

「前にもあったんだよ。バイトが遊びで調律済みのピアノを弾いて、翌日ピアニストがカンカンになったことが」

調律師は、明日リサイタルをするピアニストの好みに合わせて調律をしている。

調律の狂いを気にするかどうかは、ピアニストによって異なるが、明日の朝、ピアニストが「違う」と言ったら、すべて台無しになってしまう。すでにチケット完売の演奏会が開催できなかったら、大変な騒ぎになることは目に見えていた。

「それ以来、バイトには気をつけろと言われているんだ。何をしでかすかわからないから」

「いや、僕は遊びじゃ……」

「でも、ピアニストじゃないんだろ？」

違う、とは言えなかった。ピアノの経験者だ。コンクールにも出たことだってある。

でも、ピアニストかと言われると、そうだとは答えられない。

博己が黙っていると、警備員は「ホラ、電気を消すから、すぐに出て」と追い出しにかかった。

腕を引かれて、博己はピアノから離される。

鍵盤はすぐそこにあるのに、博己の指はそれを弾くことが許されない。

僕はここで何をしている？

人のために用意されたピアノを、弾くつもりだったのか？

これは自分のピアノではない。博己が弾くものではない。

博己が弾くことを許されたピアノではなかった。

※

車掌がドアを閉めると、列車の中は元の空間に戻った。

途端に、それまで見ていた光景が、夢だったのではないかと錯覚する。

「あれが僕の未来？」

車掌が「はい」とうなずく。

短いその返事の中に、博己が夢や希望を抱く余地は、どこにもなかった。

「あくまでも、今の博己さんが、ピアニストへの道を選んだら、という未来です。ただ博己さん自身に変化があれば、未来は少しずつズレていきます。未来は分度器の角度と同じですから」

「分度器の角度？」

「ええ。中心からすぐのところの距離は近いですが、先に進むにつれて、大きく離れます。それと同じで、博己さんに変化が起これば、最終的に道が大きく変わることがあるのも未来です」

「つまり、未来は確定していない」

「そうです」

「そっか……」

ただし、変化がなければ、今見た通りの未来になるということでもある。

記憶を消すのも怖いが、この未来を選ぶのはもっと怖い。

「今は少しだけピアノの仕事もしていましたが、これはたまたま、学生時代の伝手《つて》で得たものです。本来なら、別の人へのオファーでしたが、アクシデントがあって早急に人を決める必要があり、すぐに連絡のついた博己さんのところへ話が行ったのです」

「……え？」

「最初に電話が行くはずだった方は、電車に乗っていて、しかも車両事故があり駅間で停車し、電話に出られなかったのです」

かろうじてつかんだピアノの仕事も、自分でなくて良かったと知らされれば、糸一本程度の自信など、簡単に切れてしまう。

「では、もう一つの未来へ移動しましょうか」

これ以上見なくても結果はわかった。

ピアノが無理なら、博己が選ぶ道は一つしかない。

「もう良いよ」

「どうしてですか？」

「先生を選ぶから」

「すべてを見てから決めても遅くありませんよ」

「そうかもしれないけど……」

車掌が、ジッと博己の目を覗き込んでくる。

何か言わなければ、心の奥まで見透かされそうで、博己は「じゃあ一応、先生も……」と逃げた。

車掌が表情を崩さないまま笛を吹くと、再び列車が揺れる。

しばらくするとまた動きが止まり、ドアが開いた。やっぱりドアの向こうは濃い霧のようなものに覆われている。二度目になると、博己の不安もさっきよりは薄らいでいた。

徐々に視界が開け明るくなる。ここでももちろん広がる景色は、駅のホームではなかった。

「音楽室だ」

「ええ。春から勤務する予定の中学校です」

※

音楽室の中には男女合わせて三十人くらいの生徒がいた。博己はピアノの横で指揮をし、生徒に歌うように指示をしている。だが声を出しているのは数人で、あとは口パクか、唇を閉じている生徒の方が多い。多くはやる気がなさそうだ。

博己が何度も歌うように指示しても、歌声は小さい。指揮を止めた。

「今の説明だと、わかりにくかったかな。次は五小節ずつ区切って、ゆっくりするから、ピアノの音をよく聞いて、もう一度歌ってみよう」

わかりやすく教えても、生徒の反応は冷めている。片ひじをついて、ぼんやりしていたり、中には寝ている生徒もいた。

「先生が歌ってください」

「一回歌ったよ。今度は自分で歌ってみることが大切だ」

「それだけじゃわからないです」

生徒がふざけて博己をからかっているのか、本当に理解していないのか判断できない。ただ、芸術科目は受験に関係ないとあって、生徒の温度差が激しいことは、博己も把握している。

「じゃ、じゃあ、もう一度歌うから、それをよく聞いていて」

ピアノ専攻の博己は、音程は取れるが、特別歌が上手いわけではない。人に聞かせるのは苦手だが、歌わないわけにはいかなかった。

博己がピアノを弾きながら歌うと、一部の生徒がクスクスと笑い始める。博己は手を止めた。

「歌詞を間違ったかな?」

「いいえ⋯⋯、大丈夫です。続けてください」

でもまた、博己が歌い始めると笑い声がする。どうやら、博己が慌てる様子を楽しんでいるのだと、列車から見ているとわかる。だがピアノに向かう博己は周りを気にする余裕はない。顔を真っ赤にしながら、声を張り上げていた。

※

車掌がドアを閉めると、ピアノの音がやむ。それまで見えていた音楽室の景色は消え、列車内は落ち着いた空気に戻った。

「中学生くらいだと、人前で歌うことを恥ずかしいと思ったりする子もいるでしょうけど、今のはひどいですね」

車掌の言葉に、博己は「そうだね」と生返事をしていた。

確かに、歌うことを恥じる生徒もいる。でもそればかりではない。博己も生徒だったことがあるから知っている。生徒は教師を見ている。

生徒は、騒いでもバカにしても大丈夫だと思う教師には容赦がない。つまり博己はそう思われているということだ。

それでも博己は自分の心を武装する。自分を慰める答えを探した。

「こ、高校のように、選択科目になればまだしも、中学みたいに必修だとやりたくない人も授業を受けないとだから、どうしようもないのかも」

「でも、英語や数学が嫌いという生徒もいますよね？　すべての授業で、生徒は騒ぐのでしょうか？」

「そ、それは、慣れていくうちに、なんとか……」

「生徒にとって、先生がベテランか新米かというのは関係あるんですか？」

車掌の問いが博己を追い詰める。

行き場を失う博己は、前には進めず、後ずさりするしかない。見えない壁が、博己の背中に当たった。

自分が求めているのは何？

ピアノなのか、安定なのか。

だけど、どちらを求めても、明るい未来はない。少しも良いことはないのか。

混乱する博己は、苦し紛れに叫んだ。

「部活！　部活は、嫌なら選ばないと思うんだ。僕も吹奏楽の経験もあるから、生徒の希望に応えられると思うし。生徒が望めば、音大への進学の相談にも乗れる。それに校長先生からは、熱意のある生徒ばかりだって聞いているから」

まるで、博己の言葉を待っていたかのように、車掌は「では、部活も見てみましょう」とすぐに言った。

見たいような、見たくないような、という気持ちの整理がつかないまま、また、白い霧の向こうの世界が開いた。

※

吹奏楽部の部員は約五十人。金管楽器が多めの構成で、特にトランペットの人数が多い。指揮棒を持った博己が譜面台に楽譜を広げると、生徒たちが一斉に楽器を手にした。

「今日こそ、三ページ目まで合わせられるようにしたいから頑張って。昨日はまだ、人の音を聞く余裕はなかった人も多かったようだけど、今日は大丈夫だよね?」

博己が話しかけても返事がない。ただ、全体への問いかけのため、答えにくいのかもしれない。授業とは違い、さすがに他人事のような空気を出している生徒はいなかった。

博己が指揮棒を上げる。生徒たちは楽器を構えた。

指揮棒を振り下ろすと、出だしの音は綺麗にそろう。最初は、ほとんどの楽器が同じ旋律を吹く。皆で音符をそろえる曲だ。

だが楽譜の一ページ目が終わろうとしたときには、そのメロディーが分解を始める。各自勝手な方向へ走っていき、旋律はバラバラと散っていく。

博己は金属製の譜面台に、カンカンと指揮棒を打ち付けた。

「ストップ、ストップ」

生徒の顔に「またあ?」という色が浮かぶ。こうなるだろうとわかっていたけれど、出だしで崩壊した曲が、途中から綺麗にそろうわけがない。

「昨日も言ったけど、周りの音をもっとちゃんと聞いて」

博己の専門はピアノだが、中学生からホルンを担当して、大学生まで続けた。だから合奏の経験もある。

もう一回、と博己は指揮棒を上げる。でも生徒たちは楽器の準備をしなかった。

「どうした? 頭から始めるよ」

それでも生徒は動こうとしない。しめし合わせたように部長と副部長が立ち上がった。

——何が起こる?

部長が口火を切った。

「先生、その練習は何度やっても上達しないと思います」

「どうして? 練習すれば、必ずできるようになるよ」

これは博己の経験でもある。博己も器用な方ではない。ホルンにしろ、ピアノにしろ、練習量では同級生に負けなかった。センスや不器用さを理由に諦めるのではなく、練習が重要なのだと、生徒には理解して欲しかった。

「私たちはまだ、先生が求めるレベルではありません。そこまでの準備ができていませ
ん」

「それは空いている時間に、各々練習しておかないと」

「空いている時間っていつですか？　部活中はずっと、合奏ばかりじゃないですか」

「もちろん、朝とか昼とか、部活以外の時間だよ」

「そんなの誰も納得していません。楽器の練習は、すべて部活動の時間内に行います」

「誰も納得していないって……」

「部員全員の意見です」

みんなの顔が縦に動く。合奏がこれだけそろってくれればと思うくらい、指揮者もいな
いのに、一糸乱れぬ動きだった。

「そんなことを言っていたら、県大会を勝ち抜けないよ」

「今以上に練習時間が伸びるくらいなら、勝ち抜けなくていいです」

博己は愕然《がくぜん》としていた。

採用試験の面接のときに、校長や教頭から、結果を求めると強く言われた。これまでは
吹奏楽ではそれほど名が知れた学校ではないが、これからは、学校の目玉の一つにした
い、と。

運動部はすでにそれなりに成果をあげているから、文化部で何かアピールできるものが欲しい。管理職たちは『わが校の生徒は、意欲がありますので、大丈夫ですよ』と太鼓判を押していた。

管理職はこの状況を知らないのだろうか？

いや、そんなことはない。知っていて、ああ言ったのだろう。それは数ヵ月勤めた今なら想像できることだった。

「今の先生に付いて行くことはできません」

部員の意思が統一されている部活は、必修授業の生徒よりも手ごわい。

どうすることもできない博己は結局、生徒の意見を受け入れるしかなかった。パート練習も部活の時間中に行うことにした。

そんな中、博己は偶然、生徒たちの会話を耳にした。

「あの音楽の先生、全然うちらのことわかってないよね。中学受験して、わざわざこの学校に入ったのに、部活ばかりなんてしていられるわけないのに」

博己がすぐ近くにいることには気づいていないらしい。

立ち聞きをしてもロクなことはないと知りつつ、博己はその場に立ち止まっていた。

「部活は全員参加だしね。美術は嫌いだし、科学部はなんかオタクっぽいし。マシかなって思ったのが吹奏楽だっただけなのに、あんなに必死になられても困るよね」

「うん、そもそもこの学校に、本気で音楽をしたい人が来るわけないんだけど」

「それにさ、頑張ってって言われても、うちら十分頑張っているのに。先生基準で話して欲しくないよね。もっと褒めて欲しい」

音楽に多くの時間を費やしてきた博己にとっては、生徒の練習は甘い。でもそれは博己の方が受け止め切れていないというのだろうか。

「あの人あれでも、どっかのコンクールで入賞したことがあるみたいだよ」

「えー、そうなの？　でも結局、学校の先生じゃん。本当に上手だったら、プロになっているんじゃない？　頑張ってって、人に言っておきながら、自分は頑張っていなかったんだね」

二人の女子生徒が話していたところに、もう一人別の声が加わる。

「頑張って、あの程度か」

冷静な口調が、一番博己の痛いところをついた。

※

車掌が博己の肩に手を置いた。

「いかがでしたか？」

車掌の声に蔑《さげす》みや哀れみはなく、友人が昼休みに「何が食べたい？」と訊《たず》ねてくる響きと同じだった。

ただ、そのフラットな感じが逆に博己をイラつかせた。

しょせん、車掌にとっては他人事なんだ、と思った。

「……無理」

「無理、とは？」

「どっちも嫌だ」

「もちろん、これ以外の人生もあります。音大を卒業して、一般企業にお勤めされる人もいますよね？　博己さんが望まれるなら、その未来もご覧になれます。その場合消す記憶は――」

博己はその場で、バンッと足を踏み鳴らした。

イライラが積もり積もって、叫ばずにはいられなかった。

「嫌だ――。嫌だ、どれも嫌だ。全部嫌だ。僕は！　自分の可能性を諦めたくない。生活のために教師になるのも、いつでも替えの利くピアニストも、ピアノをやめるのも嫌だ。これまで練習してきた時間を無駄にするのも嫌だ。教師のやりがいとか言っていても、本音では奏者をあきらめるのは負けみたいな感じがして、実力以上のプライドを持ち続けている自分も嫌だ。だけど不安定な場所に飛び込む勇気もない、臆病な僕も嫌だ。一番は、ピアノのことだけ考えて生きていきたいと言えないことが嫌だ。こんな未来、全部嫌だ！」

これが僕の声？

これが僕の本心？

幼いころからずっと続けてきたピアノ。同級生がサッカーやゲームなどをしている時間も、博己はピアノの練習をしていた。

たった一人で高い音も低い音も奏でられる楽器、初めて出会った四歳のころから虜《とりこ》になった。人よりも音感が良かったのだと思う。耳で聞いた音楽をその場で弾くと、周囲は驚いてくれた。褒められるのが嬉《うれ》しくて、練習を重ねていくうちに、自分の指が紡ぎ出す音の世界にどっぷりとつかった。

新しい曲の練習は、見たことのない景色を探す旅をしているようでワクワクする。もちろん練習は楽しいばかりではなかったけれど、小さな山を一つ一つ登るたびに見える景色は新鮮で、そこは自分だけが眺めることができる場所だった。

「僕はピアノが弾きたい。僕だけのピアノを弾きたい。もっともっと上手くなりたい。それが叶うなら、どんな記憶が消えてもいい」

物分かり良く見せかけて、どこか自分の可能性を諦めていたけれど、これが博己の本心だ。

「私ができることは、記憶を消すことだけです。博己さんのピアノの腕前までは保証できません」

　本音を吐き出したせいか、容赦ない切り捨てが、今は心地よく聞こえる。そればかりか、背中を押してもらっているようにも感じた。

「わかっている。それは僕の役目だ。でも上手くなるための練習ができるように、記憶を消して欲しい。僕は弱いから、決めたと思ってもすぐに決心が揺らぐ」

「ほとんどの人はそうです。記憶は人を縛ります。時にがんじがらめになって、身動きが取れなくなることもあります。過去を懐かしむだけで、時間が過ぎていくこともあります。捨てられない過去に縋《すが》りついて、未来へ歩くのを妨げる場合もあります」

　それまで、心の中をどこかに置き忘れたように感情が読み取れなかった車掌が、悲しそうに遠くを見るように目を細めた。

　この人も、何かに縛られているのだろうか。

　忘れたい過去が、あるのだろうか。

　テオと一緒に、どこへ向かっているのだろうか。

　いくつもの疑問が、博己の中でわいてくる。だけどそれは、訊ねてはならないことのような気がした。

「一度消した記憶は復元できませんが、本当に良いですか？」

それまでずっと大人しくしていたテオが「言っとくけど、二度も三度も、この列車には乗れないぞ。記憶を消すチャンスは一度だけ。それ以上は無理だからな」と口をはさんだ。

「うん……わかってる」

理由はわからないが、不思議と博己も納得できた。

「本来、記憶は自然に忘れていくものです。忘れられないことは、忘れてはいけないことでもあります。強制的に忘れるのは不自然なことです」

「そうなの？」

「ええ。忘れてしまったら、人はまた同じ失敗を繰り返しますから」

「そうかもしれないけど……じゃあ、何のために記憶を消すの？」

「その答えは、自分で見つけてください。私には――」

どこからか、発車ベルが聞こえる。言いかけた車掌の言葉は、博己の耳までは届かなかった。

車掌が何を言ったのか、少し気になったが、それよりも今は自分の未来だ。

演奏家にしても教師にしても、どちらかの記憶を消せば、悩み続けることはない。そうすれば、選ばなかったもう一つの未来を考えずに、自分の進んだ道に集中できるだろう。ただピアニストを選んだら、きっと実力不足に泣き、生活に行き詰まる。そして教師を選んだら、教師としての未熟さに泣く。

どうせ上手くいかないのなら。

車掌が一歩前に出る。

「どの記憶を消すか、決められましたか?」

「うん。僕は――」

ふとテオの胸元を見る。時計の針は列車に乗ったときと同じ速度で回り始めていた。

※

「イタタ……」

博己は首の後ろを手で押さえた。

うなだれた姿勢で長時間ベンチに座っていたのか、首がひどく痛い。ゆっくりと頭を回し、両腕を伸ばす。メリッと音がしそうなくらい、身体がこわばっていた。

そんなに長い時間、眠っていたのだろうか。

時間を確認する。意外とベンチに来てからほとんど時計の針は動いていなかった。

身体のこわばりとは真逆に、頭の方はスッキリしている。わずかな時間だが、深く眠っていたのかもしれない。

不思議なことは他にもあった。汗ばんでいたはずの肌がサラリとしている。しかも、地元にある中学校からの封筒はあるものの、中には何も入っていない。

「……風でも吹いたのかな」

博己はベンチから立ち上がり、大学へ向かって歩き始める。

後ろの方から、発車を知らせるベルの音が聞こえたような気がしたが、どこかのホームの音が風で流れてきたのだろう。

博己は振り返らず、前を向いて歩きだした。

※

列車が駅に到着する。車掌がドアを開ける。テオと車掌は並んで座席に座り、ドアの向こうを見た。

大勢の人を前にする博己は緊張を隠せず、手が小刻みに震えている。

「博己さん、大丈夫でしょうか」

「俺たちが心配しても、どうにもならないさ」

「そんなことを言って、テオはずっと、博己さんの様子を追っていたじゃないですか。ちゃんと人前に立てるかって、最後まで間違えずに演奏できるかって」

「それは……まあ、乗りかかった船って言うか、列車だけど」

「あと、バカにされないかとも」

「だってアイツは、俺さまが何か言うと、オドオドしていたじゃないか」

「脅していたのは誰ですか。ええと、それと落ち着いていられるかという心配もしていましたよね？」

「そ、そうだったか？　俺はただ……もういい！」

焦るテオは、車掌から逃げるように、くるっと顔をそむけた。

少しからかいすぎたかもしれない。

人間ならきっと、真っ赤になっているはずだ。テオは口が悪いが、実際はかなりおせっかいだ。そして「記憶を消した人のその後」を気にするのはいつものことだった。

「心配し続けるくらいなら見れば良いじゃないですか。彼がどうなったのかを」

記憶を消したらどうなるのか。良い方向へ行くか、悪い方向へ行くか、それとも変わらないか。

場内は暗くなり、ステージだけがライトに照らされる。タキシードに身を包んだ博己がピアノの前で一礼すると、観客席からまばらな拍手が聞こえた。

「三次予選でも正装するんですね。私はてっきり、ああいった格好をするのは、本選やリサイタルだけかと思っていました」

馬子にも衣裳《いしょう》と言ったら失礼だろうが、髪も整えているとあって、列車にいたときとは雰囲気が違う。緊張している表情だが、今日は堂々としている。

「あの服、高そうだな。チョコがどのくらい買えるかな」

茶化しながらも、テオも博己を見ている。

ピアノのイスに腰を下ろした博己は目をつむり、フッと息を吐きだす。緊張が消えることはないが、集中は増したらしい。

「それにしても、博己が選んだ方は意外だったな」

「テオは、教師を選ぶと思っていたんですか？」

「そりゃそうだろ。それが一番、リスクが少ない。博己みたいなタイプが、冒険するとは思えなかったし」

「表面上は、ですね。実際はギリギリまで追い詰められると、窮鼠《きゅうそ》猫を嚙《か》む、みたいな感じでした」

車掌がテオを見ると、逃げるように少し後ずさった。

「俺は嚙まれてない！　ってか、猫じゃない！」

神《テオ》を名乗っているわりには小心者だ。

車掌はテオの頭をなでながら話を戻す。

「博己さんの場合〝教師になる〟という記憶を消したことで〝コンクールで得た自信〟の

記憶は消えました。ですがコンクールに入賞した事実までは消えません。ピアノの実力まで変わるわけではありませんよ」

逆に〝ピアニストへの未練〟を消していたら〝音楽を通じて人を育てる夢〟の記憶が消えていただろう。採用自体が取り消しになるわけではないから、仕事を続けられれば安定した生活は送れたはずだ。

だが博己はそれを望まなかった。

「でも博己の場合、本番で力を出すことが難しいんだろう？　いくら意気込んでも、派手に失敗するかもしれないぞ」

それを言ってしまったらおしまいだと思いながら、車掌は鍵盤に手を載せた博己に集中した。

相変わらず博己の手が小刻みに震えている。それでも、もう一度深呼吸をしたときには、震えは止まっていた。

「あれからたくさん練習していたじゃないですか。博己さんは追い詰められると強くなるタイプですから」

「つまり今回は、安定した仕事という退路を断ったから、上手くいくってことか？」

「恐らく……きっと……そうであれば良いな、と思っています」

「おい、不安だらけじゃないか！　ま、でもそーか。そうだよな。最終的にどうなるかなんて、やってみなけりゃわからないんだから」

未来は博己の行動によって決まる。テオの言う通り、やってみなければわからないことだ。

「ええ」

ジャーンと力強いピアノの音色が響く。鍵盤の上を博己の指が躍り始めた。

ささやくような小さな音も、叫ぶような大きな音も、消えることなくつぶれることなく、一音一音空気を震わす。

スピード感のある速い楽章が終わると、一転、ゆったりとした静かな曲調に変わる。同一人物が奏でているとは思えないくらい、音はくるくると表情を変え、場内の空気も変化させていく。

スポットライトを浴びて、鍵盤の上で指を躍らせる博己は、列車の中で見せた、迷いのある様子ではなかった。曲と同化するように、自らの表情までも変え、優しさも激しさも、見事なまでに表現している。

――僕はピアノが弾きたい。僕だけのピアノを弾きたい。もっともっと上手くなりたい。

博己は今、その一歩を踏み出している。

「自信なんて、消したってまた得られるってことか」

テオの声が、どことなく「ヤレヤレ」と安堵《あんど》している。それは車掌も同じだった。

「それだけ、彼が練習を積み重ねた結果だと思います」

「じゃあ、最初から集中して練習しろよってことだろ」

「そうできないものがあったのでしょう。博己さんの場合、就職のことだったわけですが」

「ニンゲンってやつは、やっぱり面倒くさいな」

「そうですね。でも、その面倒くささを消してしまったら――もう、ヒトとは呼べないのかもしれません。すべてを消してしまったら、そこにあるのはただの器……」

テオのクリクリッとした瞳が車掌を見ている。テオ的にはにらんでいる表情だということは、数十年の付き合いの中で車掌は学んだ。何か不満があるらしい。

「……チョコが欲しいのですか？」

「そんなことは聞かなくたって知ってるだろ」

「確かに。愚問でした」

座席から立ち上がった車掌は、列車のドアに手をかける。

博己が最後の一音を鳴らし終えると、水を打ったように静かだった観客たちが、一斉に拍手をする。ピアノに片手を添え、聴衆に応える博己の顔は満足そうに輝いていた。

これで博己の未来に保証ができたわけではない。それでも博己の自信になる記憶だ。この先、この記憶が彼を支える。

「さて、出発しましょうか」

車掌はゆっくりとドアを閉める。拍手の音が少しずつ小さくなっていった。

二章

日野《ひの》　俊太《しゅんた》　三十五歳

犯した罪は、死ぬまで消えない。ならば、死んでしまえばいいのかも——。

俊太はここ三ヵ月間、死ぬことばかりに囚《とら》われていた。だけど今は、久しぶりに違うことが頭の中を占めている。半分は恐怖。そしてもう半分は興味だ。

上野駅の十八番線。存在しないはずのホームに、この世のものではない動物が俊太の目の前にいたからだった。

「何、これ……」

「これとはなんだ。人様に向かって失礼だな」

「いや、人って感じには……」

絶対に人ではない。だからといって、よく知られている動物でもない。

ピンと伸びた耳。細長いしっぽ。手や足と形容するには短い四肢。二本の後ろ足で立っている姿は新婚旅行のオーストラリアで見た動物を一瞬思い浮かべたが、そんなにたくましくはない。ネズミのような猫のようなキツネのような……とも違う。目は大きく顔立ちに愛嬌がある。

俊太は三十五年間生きてきて、こんな生物はテレビやインターネットでさえ、見たことがなかった。

「えっと、いったい、なんていう動物……」

「俺さまはテオだ」

話がかみ合っているかは微妙なところだが、言葉は通じている。だがやはり、自分がなぜこんなことになっているのか、俊太は理解できていなかった。

八月初旬の平日。俊太は上野にある動物園に一人でやって来た。場所の選択が完全なミスと気づくまでに三十分もかからなかった。外は地獄のような暑さで、動物たちは日陰から動かない。俊太も暑さに耐えきれず、早々に動物園をあとにした。このところエアコンの効いた室内にこもりきりだったから、暑さに慣れていなかったことも原因だったのだろう。

「俺、寝ている?」

「立って、目を開けて、話しているのにか？　ずいぶん奇怪な睡眠だな。もし本当に眠っていて今の状態なら、すぐに病院へ行った方が良いぞ」

「……そうした方が良いかもしれない、とは思っている」

そもそも、俊太がどうして上野駅の十八番線にいるのか。

暑さにやられて、駅のベンチに座っていたところまでは覚えている。普段なら、車の屋根の上で見られるような陽炎《かげろう》が日陰の駅の中で見え、やがてその揺らめきがさらに強くなり、舞台上の演出に使われる、ドライアイスのスモークのような白い煙が俊太の視界をふさいだ。

熱中症で幻覚を見ているのかと思った。誰かに助けを呼ぼうかと思っても、周囲がよく見えない。しかも身体が重く立ち上がれない。とりあえず持っていたペットボトルの水を飲もうとしたとき、手が滑って膝の上に置いていた菓子の箱を落とした。六角形の筒状の箱には、ビスケット生地に覆われたチョコレート菓子が入っていた。落とした箱を拾おうとしたら、ベンチの下で何やら光るものを見つけた。それが何かの鍵だとわかったときには、動かなかったはずの身体が自分の意思とは関係なく動き、上野駅の十八番線にやってきていた。そこにテオと名乗る動物と制服姿の男性がいた。それがこの数分間の出来事である。

テオと名乗った動物は短い腕を組んで、ふん、と鼻息荒く言い放った。

「俺さまのこと、信じられないって顔だな。ま、ニンゲンなんていつもそうだけどな」

列車の中にいた——車掌のような制服を着た男性が、呆れた様子で応えた。

「すぐに信じる人がいたら、それはそれで不安です」

男性はくっきりとした二重の瞼に通った鼻筋をしていて、微笑まれると、同性でも少しドキッとするくらいの色気があった。俊太よりも少し若い、三十歳前後といったところか。妻がテレビを見て騒いでいた芸能人の誰かに、少し似ているような気がした。

「そんなもんかな」

「そんなものです。この前の人もそうだったでしょう？」

「ああ、あのピアノ弾きか。確かに、アイツはなかなか信じようとしなかったな。やたらと取り乱していた」

「あれが一般的な反応です。そもそもテオの姿で話したら、ほとんどの人は驚きますから、もう少し大人しくしてください」

「そうは言うけど、あのベンチになかなか人が座ってくれないじゃないか。しかも、なかなか落としてくれないし」

「テオがそこにこだわったからでしょう？　自業自得です」

「あ、はい」

一見横柄のように見えるテオだが、会話の主導権は制服姿の男性が握っているらしい。

渋々ながらうなずいていた。

ただ、二人が何を言わんとしているのか、俊太にはさっぱりわからない。

「あの……これはいったい？」

制服姿の男性が俊太に向き直り、頭を下げた。

「お客様に見苦しいところをお見せいたしまして、大変失礼いたしました。私この列車の車掌です」

車掌はそこでいったん言葉を切った。小さく息を吸って、整った微笑を浮かべ、ゆっくりと口を開いた。

「この列車は、お客様が〝本当に忘れたい記憶〟へご案内いたします」

「は？　アンタ、何を言って……」

暑さのせいで見る蜃気楼《しんきろう》か、それとも意識を失って夢でも見ているのか。そのくらい俊太は車掌の言っている言葉が理解できない。

「ところで、お客様のお名前をお伺いしてもよろしいでしょうか？」

「日野俊太……だけど？」

「日野様。ようこそお越しくださいました。どうぞこちらへ」

うやうやしい仕草で腰を折る車掌が、列車内へ入れと俊太をうながす。だが名乗ることはできても、乗るのは怖い。どこへ連れていかれるかわかったものじゃない。変なものを売りつけられたり、監禁されて身ぐるみはがされそうな気がする。

車両は一両のみで、運転席は一応あるが今どきの自動制御されたタイプとは程遠い古い作りだ。そもそも上野駅には十八番線はない。

となると、この列車はいったい何なのか。

車掌が俊太の心の中を見透かしたように言った。

「先ほども申しました通り、日野様がご希望する〝本当に忘れたい記憶〟へご案内いたします」

「俺、忘れたいなんて言った覚えは……」

車掌が自分の右耳を指す。

「日野様は間違いなく、おっしゃいました。向こうのベンチにお座りのときに」

車掌の目を見ていると、俊太の頭の中で映像が再生されるように、数分前の自分の姿がよみがえってくる。

ベンチに座る自分。朦朧《もうろう》とする意識の中で吐き出された言葉。

『どうやったら、忘れられるんだよ……』

確かに言ったかもしれない。いや、常日ごろ、そればかり考えている。

俊太が二度瞬きすると、目の前にいる車掌が、でしょう？　と言いたげに麗しい微笑みを浮かべていた。

「確かに言ったかもしれないけど……」

信じられない。そんなことは無理だ。できるわけがない。

だけどそう思う一方で、藁《わら》にも縋る気持ちで俊太は訊ねていた。

「本当に忘れられる？」

「はい。お望みとあらば」

それを聞いて俊太は、片足を列車に乗せる。両手で車掌の襟をつかんだ。

「じゃあ、連れて行ってくれ。金ならいくらでも払う。一千万でも、二千万でも！」

資産家でも、特別な能力があるわけでもない俊太だが、それなりの額の貯金がある。だがそれはいらない金だ。有意義には使いたくない金だった。

車掌はゆっくりと首を横に振った。

「運賃はいただきません」

「無料《タダ》？　そんな話あるわけがない」

「もちろん、何もいただかないわけではありません。ですがお金はかかりません」

「それは……命と引き換え、とか？」

すぐに車掌が「違います」と否定し、テオは「バカか」と鼻で笑った。

「上野発天国行きってか？　昭和の演歌だって、そんなに遠くへは行かない。そもそも、そんな列車に誰が乗る？」

「俺は乗る」

「え？」

テオと車掌の声がそろった。

「もし、天国に連れて行ってくれるのなら、全財産を払う」

車掌が笑う。だが視線は鋭いままで、笑みを浮かべているのは口元だけだ。一見すると笑っているように見えるが、その表情はむしろ冷ややかだった。

「あぁ五千万くらいはある。それだけ払えば連れて行ってもらえるのか？」

「全財産ですか」

車掌が目をすがめた。

「——宝くじか、ご両親の遺産でも相続されましたか？」

「宝くじは買っていないし、両親は元気だ」

「ではなぜ、そのような大金を？」

信用されていないことは百も承知だ。俊太が身に着けているものは、量販店で購入した安価な製品だ。値段まではわからなくても、高価なものでないことは、誰の目にも明らかだろう。

だが俊太の銀行の口座には、確かに五千万円近くの金が入っている。それも一瞬でそれだけの残高になった。

「保険金とかだよ。……俺が、殺して得た金だ」

「誰を殺したんですか？」

「四歳の……息子」

俊太はさっきの車掌のように笑ったつもりだ。だけど唇が震えて、上手く笑えている自信はなかった。

「今まで何人ものニンゲンを乗せて来たけど、殺人犯は初めてだな」

列車の座席に、ふんぞり返るように座るテオの手元には、俊太が持っていたチョコレート菓子がある。殺人の話をしているわりには、緊張感のカケラもない。

「これは初めて食べた。美味い」

動物形のビスケットの中にチョコレートが入っている。俊太が生まれた年に発売されたこれは、子どものころはよく食べた。とはいえ、最近では自分のために買うことはなかった。

「喜んでもらえて良かったよ」

「本当に全部もらって良いのか？　手をつけていないぞ」

「……俺が食べるために買った物じゃないから」

駅構内の売店で、偶然目に入ったから買ったものだ。

テオの話では、この菓子が欲しかったから、十八番線ホームへ引き込んだという。お菓子のためならやりたい放題の子どもらしい。

「このお菓子は、亡くなった息子さんのために購入されたのですか？」

車掌が指さす先はテオの口元だ。

「そうだけど？」

「早くそれを言え！」

テオの口の中にあったお菓子は、すでに飲み込んだあとだった。そして次のものは、叫んだ拍子に指から零《こぼ》れ落《お》ちて、床に粉が散らばった。

「お子様は黙って掃除をしてください」

「俺さまは子どもじゃない！」

「大人は床を汚しません」

どう見てもテオの分が悪い。事実は目の前に転がっている。

座席からピョンと立ち上がり、しょんぼりとしながらテオが掃除を始める。しっぽが垂れ下がっていて、叱られた子どもみたいだ。

落ちた菓子をどうするのかと思ったら、拾ってすぐに口に入れた。

食べるのか……。

俊太を座らせた車掌は、すぐ隣に腰をおろした。

「殺したとは、穏やかではありませんね。ですが普通に考えて、殺人犯に保険金が入ることはありえません」

「保険金殺人ってのがある。バレないように殺して、受け取っている人がいるかもしれない」

「確かに、この世の中に、そういう事件が存在する可能性は否定いたしません。ただしその場合、それで得た金銭を放棄しようとするケースは少ないでしょう。たいていは借金の返済か、豪遊するために使うか。少なくとも、死ぬために使おうと考えるなら、最初から得る必要はありませんから」

俊太はなるほど、と思った。車掌の言う通りだ。

「金をもらったあとに、後悔するってこともあるかもしれない」

「確率的には低いかと……。とはいえ、無いとは言えませんね。ですがそれは、俊太さんには当てはまりません」

「どうして？」

「罪を犯して金を得て、それを後悔する人は、天国へ連れて行って欲しいとは言いませんよ」

「そこに、息子がいると思えば？」

「天国で詫《わ》びるというのですか？　本当に殺していたら、詫びても許してもらえないと思います。合わせる顔がないと思う方が自然です」

「許してもらおうなんて思っちゃいない」

──ただ、会いたいだけだ。

そう俊太がつぶやくと、車掌は首を横に振った。

「残念ながら、この列車では天国へは行けませんし、亡くなった方に会うこともできません」

普通ならそうだろう。だがそれなら、この不思議な動物と、今はもう走っていないはずの列車は、何をするためにここにあるというのだろうか。

「じゃあこの列車は何ができる？　まさか、ただの置物とか言うんじゃないだろう？」

俊太が食って掛かる。車掌は全く動じる素振りもなく、静かに口を開いた。

「先ほども申しました通り、この列車はご乗車のお客様が〝本当に忘れたい記憶〟へご案内するために走っております。簡単に言えば、過去を忘れるため、です」

「過去を忘れる？　何のために？」

「生きていくために、とでも言えばよろしいでしょうか。不必要な記憶に縛られて、息苦しい思いをしなければ、生きやすくなることもありますから」

「だったら、俺の記憶を消してくれるというのか？」

「はい。初めからそう申しております」

「へえ……って、嘘だよな。そんなこと、信じられるわけがない！」

テオが座席のすぐそばにやってきていた。

「ホントだって」

「でも……」

「俊太は疑《うたぐ》り深《ぶか》いんだな。本当だ」

信じるのは無理がある。だがテオの姿で言われると、説得力があるような気もする……ようなしないような気もする。正確に言えば、何でもありそうな感じなのだが、そもそもテオの存在が怪しい。

「もともと俊太が〝忘れたい〟って言ったから、ドアを開けたんだぞ」

「さっき、お菓子が目的って言ってなかったか？」

「そ、それは……それだ！　とにかく俊太の希望をかなえようと思ったんだ」

「本当かよ……」

ハハ、と俊太の口から笑いがこぼれるが、車掌もテオも表情を崩さない。車掌は何も言わずに立ち上がり、列車の乗降口から顔を出した。

さっきまで真顔だったテオが、ニヤニヤしていた。

「……を見れば信じるだろ」

車掌はホームの確認をしたあと、胸に下げていた笛を吹く。その音が消えたころ、ドアを閉めた。

「出発いたします」

「どこへ？」

今度はテオも答えないが、相変わらずニヤニヤしている。

俊太が窓の外を見ると、列車が左右に揺れ始めた。

ガタン、ゴトンと、ゆっくりとした揺れから、徐々にその振動が速く、規則正しくなる。やがて車体の前方が浮き上がり――飛んだ。座っているのに足元が落ち着かない。横揺れだけでなく、車体は何度か縦にも上下しながら上昇していく。窓の向こうに見える上野駅の景色は真下にあった。

俊太は窓ガラスに張り付くようにして外を見た。

「嘘だろ……飛んでいる」

山手線も京浜東北線も眼下にある。並走するならまだしも、列車に乗っていて、視線の下にあることなど、あっていいはずがない。

「もしかして、俺はもう死んだのか？」

テオが鼻で笑った。

「天国が必ずしも空にあるとは限らないぞ。そんなものはニンゲンが勝手に作った話だ」

「だったら、この状況をどう説明する？」

もう一度テオはフフンと鼻で笑った。

「オマエが見た通りさ」

「見た通り……」

目にしていることが事実なら、列車が空を飛んでいて、人間の言葉を話す変な動物がいる。運転士も見当たらない。だけど窓ガラスの外の景色は変化し、振動を感じる。

何を考えているのか読めない車掌は、再び俊太の左側に座った。

「現在この列車は、目的地を決めずに走行しております」

「走行？　飛行の間違いじゃなくて？」

車掌が目を細めて、笑顔を見せた。

「どちらでも結構です。お好きなように」

「そんな軽いことじゃ……」

「些末《さまつ》な問題です」

「……じゃあ、肝心なことを聞く。目的地はどうやって決める？」

「俊太さんが忘れたいことを聞かせていただけたら、おのずと行先は決まります」

「俺の忘れたいことが……行先？」

当然のことのように車掌がうなずく。

「もちろん、考えが変わったのでしたら、元の場所に帰りますのでご安心ください。身の安全は保障いたします」

この状況で身の安全、と言われても信じがたいが、俊太はそこにこだわってはいなかった。

「天国へ連れて行ってくれと頼んだ俺が、それは希望しない。俺の最優先事項は——三ヵ月前に死んでしまった、息子を忘れたいってことだ」

俊太はギュッと膝の上で拳を握りしめた。

「息子——晴太《はるた》の死因は交通事故だ。車を運転していた人は、警察に捕まった」

「やはりそうでしたか」

「い、やはり、とは？」

車掌は俊太の拳の上に手を重ねた。

「お子様に死亡保険をかけるケースは、かなり珍しいと思います。しかも五千万円ともなれば、保険会社が怪しんでもおかしくありません。ですが交通事故での死亡、さらに加害者からの慰謝料も含まれているなら、金額にも納得できます。そしてこの場合、俊太さんは殺人犯ではありません」

車掌の言う通り、俊太は殺人犯ではない。少なくとも、法的に罰せられる立場ではない。第三者から見れば被害者だ。

だからいっそのこと、誰かが俊太を裁いてくれたら楽になれるかもしれない。と思うけれど、楽になることを許してもらえなくて当然だとも思っていた。

「でも俺が殺したんだ！」

俊太は自分の右手を開く。俊太の手のひらには、刻まれたシワがあるだけだ。だがあれから、何度も手を洗っているというのに、あの日、血に濡《ぬ》れた手の感触は今でも忘れられない。

俊太のこの手が晴太を殺した。他人の判断なんて、それこそ「些末」な違いだ。

「この三ヵ月、息をしているだけで、生きている実感なんてない。晴太がこの世にいない時間を過ごすのは耐えられない！　時間が苦しみや悲しみを薄れさせていくと言った人もいたけど、辛さは増すだけで、少しも消えることなんかない」

苦しさは食事をしても、風呂に入っても、続いている。寝ていても、目覚めても続く、途切れることのない悪夢だ。

車掌がふぅっと、短い息を吐いた。

「奥様はどうされていますか？　仮に俊太さんまで亡くなられたら、一人残される奥様が耐えられないと思いますが」

「妻も死んだ」

「え？　……お子さんとご一緒に？」

「いや、病気だ。約一年前に……。病気が見つかったときは末期だった。当時三歳の晴太は、病気のことはちゃんと理解はできなかったけど、母親がいなくなったということだけはわかっていた。葬儀のあと、普段なら母親の布団にもぐり込むはずなのに、迷わず俺のところへ来て泣いていたから」

晴太は頭まで布団をかぶって、泣きじゃくった。まだ子どもなんだから、隠れて泣かなくても良いと言ったけど、布団から出て来なかった。その姿を見ていたら、すでに泣きつくしたと思っていた俊太もまた、泣いた。

「俺を残して、二人とも逝ってしまったんだ。もちろん人間いつかは死ぬ。だけど、この歳《とし》で妻も子どもも失うとは、想像していなかった。それでも病気の妻は、短いながら、別れを覚悟する時間はあったけど、晴太は本当に突然で……あのときの、あのシーンが繰り返し頭の中で再生されるんだ」

あの日、俊太は晴太と手をつないでいた。妻を失ってから休日の夕食は、外で食べる回数が増えた。一人で子育てをしている人など、今どき珍しくはないが、やはり仕事との両立は、体力的にも精神的にも追い詰められることがあった。そんな中、日曜日の夜に、仕事や家事から解放さる時間がホッと一息つけた。

とはいえ、子連れで気兼ねなく食事ができる場所は限られている。ほぼ毎週末通うファミリーレストランのメニューを覚えていた晴太は、この日もハンバーグを食べると、歌うように言った。

その道中、俊太にとっては妻、晴太にとっては母親のことを、思い思いに語った。

鼻歌まじりに料理を作ること。嫌いなものを食べたくなくて、テーブルの下にわざと落としたらひどく怒られたこと。ワケのわからない寝言を言うときがあること。思い出せば辛いが、忘れていく恐怖に対抗するように話した。外にいるときに話したのは、妻の記憶も気配も残る我が家よりも、湿っぽくならずに済むというのもあったのかもしれない。

幼さは、再生する強さでもあったのだろう。いつまでも声を詰まらせる俊太よりも、晴太の方が先に笑みを見せるようになった。

もちろん、それで悲しさが消えたわけではない。それでも、二人で一緒に手を取りながら一歩一歩進み始めたときでもあった。

それが一瞬で崩れた。

歩道だから安心していたのか。慣れた道だから気が緩んでいたのか。つないでいた手をほどき、先を急ぐ晴太の背中が少し遠ざかる。

転ぶなよ、と俊太は晴太に声をかけた。

その直後、暴走した車が歩道へ乗り上げ、激しい衝突音とともに小さな身体が、俊太の視界から消えた。

直前まで聞こえていた声はもう、しない。赤い液体がどんどん道路に流れていた。

事故のことを俊太が話し終えても、車掌もテオも口を閉ざしていた。

だから俊太も黙って、列車の揺れを感じていた。列車は左右だけでなく、わずかながら上下にも振動している。俊太は高所恐怖症ではないが、空を飛んでいる列車は怖い。それでも、これが落ちたら晴太や妻のところへ行けるのだろうか、という考えが消えない。そしてその想像をすると、恐怖は薄れた。

列車の窓は開かない。はめ殺しだ。ガラスに頭をつけるようにして、できる限り下を見ようとしたが、白い雲が視界の邪魔をした。

「晴太がコレに乗ったら、大はしゃぎだっただろうな」

「息子さんは、乗り物が好きだったのですか？」

車掌も俊太と同じように、窓の外を見た。

「ああ。列車だけじゃなくて、自動車や飛行機も好きだった。飛行機にはまだ乗ったことがなかったけど、いつか乗ってみたいと言っていた。だから、そのうち乗せてやるって約束すると、そのうちっていつ？　って迫ってきた。でも我が家は、帰省で飛行機を使わないし、旅行の予定もなかったから、俺はいつか、としか言えなかった。そうすると晴太は不満そうにしながらも、じゃあ、いつかね、と言った。そんなことが何回もあった」

「よほど、乗りたかったんでしょうね」

「空の上から雲を見たいと言っていた。……見せてやればよかった。行先なんてどこだって良かったんだ。すぐに乗せてやれば良かったんだ」

どうして、いつか、なんて曖昧な約束をしたのだろう。

もちろん、いつか本当に飛行機に乗るつもりだった。だが晴太がそう言い始めたころ妻が病に倒れ、それどころではなくなった。そして妻がいなくなってからの俊太は、晴太の希望をかなえてやる余裕はなかった。

晴太との生活が、突然終わるとは、俊太は少しも考えていなかった。妻のときに何を学習していたのかと、俊太は自分を責める以外の方法が思いつかなかった。

「この列車に乗せてあげたかった」

晴太は、最初は少しテオにおびえるだろう。でもそのうち一緒に遊んで。いやもしかしたら、窓の外を夢中で見続けていたかもしれない。晴太は線路が良く見える場所に行くと、電車が通るのを、一時間も、二時間も見ていたことがあった。大人の方が飽きてしまうくらい夢中になっていた。

「晴太は明るくて、元気で、好奇心旺盛で。動物園も好きだったな。乗り物とは対照的に、動物はじっとしている方が好きなんだ。パンダとか亀とかよく見ていた。満足するまで見たら、突然次の場所へ行きたがる。年齢のわりには足も速いし、すばしっこいから、人の多い動物園では三回も迷子になった」

「とても活発なお子さんですね」

「ああ……本当に」

一度目は大声で泣いている所を偶然見つけ、二度目は迷子センターに預けられていた。当然、そこへ至るまでには、晴太が好きなパンダや亀の場所にも走った。妻と手分けをして、園内を駆けずり回った。

「それに運動神経が良くて、三歳で補助輪なしで自転車に乗れたんだ。転んでも転んでも、絶対乗るからってやめなくて」

あのときは、妻も一緒だった。すでに病気が発覚していて、刻一刻と終わりの時が近づいていた妻を支えていたのは、晴太の成長だった。晴太も三歳ながら、どこかそれを感じ取っていたのだろう。

「晴太は頭も良かったんだ。早期教育とかは、俺も妻も興味なかったから、何もしていなかったのに、自分から文字を読もうとしたし。三歳のころには簡単な単語、四歳になると自分で絵本を読み始めた」

「利発なお子さんですね」

「俊太は親バカの鑑《かがみ》だな」

「テオ。床を全部掃除してください」

「えー！　ここ以外、全然汚れてないのに？」

車掌の眼球が、ギロッとテオの方へ向く。怯《おび》えたように身を縮めたテオは「……わかったよ」と、またモップを動かし始めた。

「ただ、賢くてもやっぱり子どもなんだ。ブロッコリーと青魚が苦手で、ハンバーグとチョコが好きで……虫歯になるから、チョコは普段はあまり買わないようにしていたけど、出かけたときは特別で、おやつを持って行く外出は凄く楽しみにして……そんな子どもだった。晴太は俺が守ってやらなきゃダメだったんだ」

親だって万能ではない。天災が起きれば自然の力にかなうはずはなく、刃物を持った人が襲ってきたら、盾になることはできても、倒すことは無理かもしれない。それでも、守れる限り守りたいと思っていた。

「その俺が、殺しちゃうんだから、おかしいだろ」

笑おうとするが、俊太の頬はひきつってしまう。この三ヵ月少しも笑えない。自分の顔を上手く動かすことができずにいた。

「俊太さんは、悪くないです」

「みんなそう言うよ。警察だって俺を責めなかったし、俺の両親だって、泣いているだけで責めたりしない。妻の両親なんて、短期間に娘と孫を失ったのに、それでも俺を責めないんだ」

「自動車が相手では、大人でも防ぎようがないです。どんなに注意を重ねても、予測できないことはあります」

俊太もわかっている。これが他人のことなら、貴方《あなた》に責任はない、不運な事故だ、と言うだろう。でも、責任がないから気に病まないわけではない。

お願いだ。誰か責めてくれ。人殺しだとののしってくれ。

だけど周りの人は優しい言葉をくれる。その優しさが、俊太を苦しめていた。

「あのとき、あの場所を歩かなければ、あの事故にはあわなかった。あのとき、俺が晴太の手を離さなければ、事故にあっても死なずにすんだかもしれない。ああすれば、こうすればって、ずっと後悔ばかりしている」

俊太に与えられたものは多額の保険金と慰謝料。でも、ゼロが多く並ぶ通帳を見ても嬉しくない。失ったことに対する金としたら、そこには何の価値も感じられなかった。

「俺だって、家とか車が欲しいとか、旅行へ行きたいとか、そういう欲望がなかったわけじゃないけど、二人がいたからこそ思っていたんだ。でも今は、妻も晴太もいない。金があっても虚《むな》しさしかない」

「だからお金を払ってでも、天国へ行きたいとおっしゃったんですね」

「……使い道のない金だから」

「ならば使い道が決まるまで、取っておけば良いでしょう」

「え？」

「人はよく、奇麗な金だ、汚い金だと言いますが、お金なんてどれも同じです。それでももし、どちらかに区分したいのであれば、使い方で奇麗か汚いかを決めれば良いのではありませんか？」

車掌はその顔に似合わず、現実的なことを言った。

「それは……俺が妻と息子に会うために使うのは、汚い金ってことか？」

「この列車は天国へは行きません」

車掌のはぐらかしたような返答に、俊太の心が宙ぶらりんになる。

じゃあ、どこへ行けばいいんだろう。

二人に会えないなら、列車に乗っている意味もない。家でジッとしていれば、遠からず息絶えるかもしれない。本当にそれで会えるかはわからないが、他に手段がないから、何もしないことが一番手っ取り早いようにも思った。

「俊太さんのご両親は、ご健在なんですよね？」

「ああ。最近は会っていないけど、姉から来るメッセージでは、大きな変わりなく過ごしているみたいだ」

もちろん、晴太を失ったことは、祖父母である俊太の両親も嘆いていた。だが、もともと離れて暮らしていたこと、そして普段、別の孫たちと一緒に生活していることもあり、気が紛れているらしい。

俊太は車掌が何か言う前に口を開いた。

「わかってる。俺が死んだら、晴太を失った俺みたいに、俺の両親も悲しむって言うんだろ？　そのくらい、わかってるよ。わかっているから、こうして一応、今でも生きている。でも妻と約束したんだよ。ちゃんと育てる、晴太のこと、ちゃんと大きくするって。約束したのに、一年も経たないうちに……」

俊太は頭を抱えた。ただただ辛くて、すべてから逃げ出したかった。

「俺は……過去に戻りたい！」

「戻ってどうするんですか？」

「時間を巻き戻して、全部やり直す。妻の病気がもっと早く発見できていれば、二人を失わずにすむかもしれないから」

俊太の頭の上から、ふーっと細く長い溜息《ためいき》が聞こえる。顔を上げると、車掌が見下ろすように、俊太の前に立っていた。

「過去に戻ってやり直すことは不可能ですし、仮に過去に戻れたとしても、人は同じ過ちを繰り返します」

「なぜ？　過去に戻れば病気に気づける」

「いいえ。単純に時間を戻し、過去に戻ったとしても、記憶にないことは回避できません」

「じゃあ、記憶を消したら、また同じ失敗をするということになるのか？」

車掌が瞼を閉じてうなずく。

「そうです。人は記憶によって生きています。ですが一方で、記憶というものは曖昧なものでもあります。ときにはそれが、枷《かせ》となることもあります」

「……枷？」

「ええ。良い記憶……思い出は前に進む原動力になりますが、悪い思い出には縛られます。その場に立ち止まったままならまだしも、場合によっては逆戻りしてしまいます。だけど、どんなに過去を振り返っても、時間は過ぎていく。それは生きたまま死んでいるのと同じことです」

同じこと、と言い切る車掌は、他にも俊太と同じような事例を見たことがあるのだろうか。

その人がどうなったのか、どういう結論を選んだのだろうか。気にはなったが、参考にはならないだろう。まったく同じ境遇の人間はいないのだから。

「それ、わかるな。すごくわかる」

「どうされますか？　記憶を消しますか？　それともこのままにされますか？」

「消す」

「それによって、良かった記憶を消すことになっても、ですか？」

「良かった……記憶を消す？」

「そうです。消える記憶は一つではありません」

それから車掌は、録音された音声のように、よどみない口調で説明をした。

望んだ記憶を消すには、もう一つ別の記憶を消さなければならないということ。

多くの人は、悪かった記憶を消すから、良かった記憶も消えてしまうこと。

俊太の場合、妻子を失ったときの辛い記憶を消すには、それと同等の楽しかった思い出も消えるだろうとのことだった。

「楽しかった思い出が無くなるのか？」

「すべて、とは言いませんが、消したいと願っている記憶の大きさから考えると、失うものも少なくはないでしょう。楽しかった思い出のほとんどが、消えてしまうと考えた方が良いかもしれません」

車掌は申し訳なさそうに瞼を伏せているが、プログラミングされた機械のように、その仕草があまりにも自然すぎる。俊太は逆に違和感を覚えた。

この人の感情はどこにあるのか。そもそもなぜ、人の記憶を消しているのか。どうしてこの列車に乗っているのか。

だがその疑問以上に、俊太は自分のことで手一杯だった。

良かった記憶が消える。これから先、妻や子どもとの記憶が増えない以上、手放したくない記憶だ。一方で忘れてしまいたい記憶でもある。

天秤は左右に激しく揺れて、いくら考えても結論がでない。

「ご覧になりますか？」

「え？」

「考えているだけでは、決められないのでしょう。ならば見たうえで選択してください。

きっと、ご理解いただけると思いますから」

足元が浮く。マイナスのGがかかり、身体がふわりと浮き上がる。

ジェットコースターが急激に落下するときの、あの浮遊感だ。

「落ちてる？」

テオがニヤリと目を細める。

「その感想は一緒なんだな」

「何が？」

「この前のピアノ弾きとだよ」

「誰の話——？」

窓の外の景色は白一色。雲の中を走っているようにも見えたが、均一に塗られたような白色の世界は、どこか現実感がない。

経験をしたことがないくらい車体が左右に揺れ、ガタガタと音をたてていた。

テオは座席で足をフラフラ振り、平然としている。

「思ったより俊太は平気そうだな。ほとんどのニンゲンは、もっと恐怖におののいてるぞ」

「怖くないわけじゃない……けど」

言葉を止めた俊太に、早く先を話せとテオが急《せ》かす。

「けど、何だ？」

「これでもし妻や晴太に会えるのなら、それも良いかと思って」

テオが呆れたように、ハッと息を吐いた。

「ところでこの時計、壊れている?」

俊太はテオの胸元の時計を指さした。列車に乗ったときから、普通の時計よりも速く針が動いていると思ったが、今は分針が一秒間に一周しそうなくらいの速度で回っている。

「壊れてない。これはこれで正確だ。それに、上野駅に到着したときには元に戻っているから安心しろ」

「元に戻ったところで、それだと正確な時間はわからないんじゃ……」

「ニンゲンの時間と、この列車の中の時間が同じと思うな。俺さまはテオだ」

だからどうした、と言いたかったが、話している間に車体はさらに降下し、ドォンという衝撃をくらった。だが衝撃の強さのわりには、列車内はどこにもダメージはない。テオも車掌も当然のことのように、淡々としていた。

車掌が手動でドアを開ける。

ぶわっとドライアイスのスモークのような、霧が車内に押し寄せてきた。あっという間に視界をふさぐ。触れても温度は感じないのに、俊太の背中がゾクッとした。

すぐそばにテオも車掌もいるはずだが、目を凝らしても見えない。夢か現実かわからない列車の中に取り残されたようで、俊太の胸はバクバクと音をたてた。

だがしばらくすると、すぅーっと霧が晴れるように、雲一つない空から月の光が降り注ぐように、世界がクリアになった。

「お待たせいたしました」

白い手袋をはめた左手が、ドアの外を指した。

「ここは……？」

「大切な二人の記憶を、すべて消した世界です」

※

「あー、疲れた」

夜の十時を回り、真っ暗なアパートの部屋の鍵を開けて、俊太は玄関に背広を投げた。襟の周りが黒ずんだワイシャツを脱ぎ捨て、靴下を洗濯機の中に放り入れる。濡らした程度に手を洗い、冷蔵庫からビールを出すと、直接缶に口をつけた。

「うめぇ」

飲みながら、コンビニの袋からハンバーグ弁当を出す。仕事帰りに買ってきた弁当は温めてもらったものの、すでにぬるくなっている。それでも再加熱はせずに、封を開けた。ハンバーグは俊太の好物だが、さすがに今週三回目ともなると、いささか飽きた。ただ配送の関係なのか、この時間、最寄り駅の近くにあるコンビニに残っている弁当の選択肢は少なく、だいたいいつも同じようなメニューになってしまう。

俊太はカバンから、今日渡されたばかりの健康診断表を取り出した。先月会社で受診したものだ。三十代半ば。身長や視力の変化はないが、ここ数年体重は右肩上がりだ。偏った食生活が原因なのは明らかだが、独り身の生活では改善も難しい。

「ま、どうにかなるだろ」

俊太は弁当をすべて平らげて、冷蔵庫からもう一本アルコールを取り出す。二本目も残り少なくなったところで、俊太はふと、思い出した。

「ヤベ！」

弁当と一緒に、コンビニで香典袋を買おうと思っていた。同僚の父親が急逝したとのことで、職場で取りまとめることになっていたのだ。課長が明日、葬儀に参列するときに、持って行ってもらう。

「明日の朝買えば……」

唸《うな》りながら、俊太は翌朝のスケジュールを考える。

目覚ましのアラームが鳴るのが七時ちょうど。だがほぼ毎日二度寝をしてしまうため、全速力で走らなければ電車に間に合わない。もちろん駅から会社までも、コンビニに寄る時間はない。

今からの面倒くささと、明朝の面倒くささを天秤にかけた俊太は、重い腰を上げるしかなかった。

「……行くか」

洗濯機の中から入れたばかりの靴下を取り出し、玄関に脱ぎ捨てたワイシャツを着る。スマホと家の鍵をポケットに入れて外に出た。

「さすがにちょっと寒いな」

日中は陽射《ひざ》しもあってジャケットが邪魔なこともあったが夜は冷える。上着を着てくれば良かったと軽く後悔しつつ、空を見上げた。

空気が澄んでいるせいか、空が良く見える。都内ではそれほど星は望めないが、今日は丸い月が明るく輝いていた。

「月が綺麗ですね、か」

夏目漱石《なつめそうせき》がI love youを「月が綺麗ですね」と訳したと、高校生のころ国語の授業で習った。そのときは、キザを通り越して意味不明と思った。それで愛が伝わるわけがない。

でもそれから約二十年が経ち、三十も半ばになると、その控えめな表現も悪くないかなと思うようになった。

指先が冷えた俊太は、両手をこすり合わせる。手をつなぐ相手が欲しいな、と思う。

数年前に恋人と別れてからはそんな機会もなく、一生独身かもしれないと、最近は諦めていた。

大学時代の友人の多くは結婚し、たまに会うと家族の愚痴を言う。やれ妻が口うるさい、やれ子どもが勉強しない、やれ親が干渉してくる、などなど。

嘘ではないだろうし、本当に困っているのだろうが、愚痴の半分以上は、幸せを含んでいるように感じる。少なくとも、家庭がなければ味わえないことだ。

スマホが震える。歩きながら確認すると、送り主は俊太の姉だった。最近、五歳の姪《めい》がスマホの使い方を覚えたとかで、写真が送られてくることが多くなっていた。

「今日は同じメニューだったな」

写真は、姪が目を細めて笑顔でハンバーグを食べている姿だった。写真を撮ってと母親にせがみ、それを〝おじちゃん〟である俊太に送りたいとねだっている姿が、容易に想像できた。

姉の幸せを喜びつつ、自分の今が少し寂しい。

俊太のいる場所から道路を挟んで反対側に、コンビニの灯が見えた。

横断歩道で小さく足踏みをしながら、信号が変わるのを待つ。

「あー、ここの信号、長いんだよな」

片側三車線の幹線道路にかかる信号は、なかなか切り替わらない。朝は特に気を揉《も》んでしまう。

「早く起きればいいんだけどさー」

これも、家族がいれば違うのだろうか。そういえば、正月に実家へ帰省したときは、姪が腹の上に乗ってきて起こされた。普段会うことのない俊太は、良い遊び相手だと思われているらしい。

歩行者信号の横にある、待ち時間を示す表示がなかなか減らない。見ていると焦れるが、無ければもっとイラつくのは目に見えている。人は、待ち時間を知らされている方が長く待てる。

「……ん？」

俊太は目を細めた。幸いなことに、街灯や車のライトに溢《あふ》れている道路は、夜とはいえ、それなりに明るい。

「子ども？」

明らかにシルエットが小さい。行きかう車やバイクは夜間ということもあり、日中よりもスピードを出している。

親はコンビニの中にいるのだろうか。周囲に大人の姿はなさそうだった。距離があるために子どもの年齢まではわからないが、恐らく未就学児だろう。

「動くなよ、その場にいろよ」

俊太の足踏みは、さっきよりも大きなものになる。今すぐにでも駆けだしたい。だが、この道路を横切っていくのはさすがに危険だ。

車道の信号が黄色から赤に変わる。歩行者信号が青になった瞬間、子どもが横断歩道に入る。俊太も走り出した。小さな影がどんどん近づいて来る。

そのとき、左折車のスピードが弱まらないことに気づいた。

「クソッ!」

夜ということと、小さなシルエットは、車の運転席から把握できていないのかもしれない。そのまま突っ込めばぶつかってしまう。

俊太はさらに足を速める。だが俊太が渡り切るよりも前に、急ブレーキの音があたりに響いた。

——ドン! という音はしなかった。寸前のところで車は止まっていた。

急いで俊太は男の子を抱きかかえ、横断歩道を渡る。子どもを道路に下ろすと、俊太ははぁーと、大きく息をついた。

まだ俊太の心臓がバクバクしている。走ったからではない。あと一歩というところで、自分も子どもも、車にぶつかっていてもおかしくなかったからだ。

「飛び出したら危ないだろ!」

「でも、青……」

「そうだけど、夜だし、歩行者をちゃんと見ていない運転手もいるから」

ん？　と子どもは小首をかしげる。

俊太は姪と話すときのことを思い出して、子どもと目線を合わせるために膝を折った。

「車はすぐには止まれない。信号が青になっても、すぐに走ると危ないってこと。わかった？」

「うん！」

素直にうなずく男の子に、俊太はポンポンと頭を撫でた。

「ところで、パパかママはどこ？　一人で歩いていたら危ないぞ」

「わかんない！　ママと一緒にいたけど、どっか行った！」

「あー……」

俊太は明かりを頼りに、男児の身なりを確認する。

見たところ、痣《あざ》や傷などといった外傷はない。服装も小ぎれいで、虐待という感じはしない。どうやら親からはぐれてしまったらしい。

「どこか行ったのは、ママじゃなくて、キミだと思うよ……」

俊太の姉も、よく愚痴をこぼしている。姪は少し目を離した隙に、自分が興味を惹かれる方に行ってしまう。始終、目を光らせていなければならず、外出すると気が休まらないらしい。

「交番行こうか」

「交番？」

「お巡りさんのところ。このままここにいると、また車に轢《ひ》かれるかもしれないだろ」

「轢かれてなんかいないよ！」

「今はね。運が良かったんだよ。危ないから行くぞ」

このご時世、男が見知らぬ子どもと一緒にいることもヘタな疑いをかけられそうで怖い。それでも、放っておくことはできなかった。

「ホラ、手を出して」

幸い近くに交番がある。歩いて二、三分といったところだ。

俊太が男の子の手を握る。とても温かい。

いつか自分の子と、こんな風に手をつなぐことがあるのだろうか。少なくとも今、この子を守るのは自分しかいない。

角を曲がり、交番の灯が見える。中には警察官以外の人の姿もあった。

「あ、ママ！」

「え？　ああ……そっか」

交番の中にいるのは、どうやら少年の母親らしい。母親も子どもの姿が見えないことに焦って、交番に駆け込んだのだろう。

少年が駆けだそうとしたとき、俊太はギュッと手を握った。

「走ると危ないから。一緒に行こう」

「うん！」

俊太のつかの間の、親気分の時間はそこで終わった。

※

俊太の頭の中はフワフワしていた。

今見た光景が信じられなかった。

列車の扉が閉まったあとは、これが仮定の世界だと瞬時に理解したが、見ている間の俊太の意識は、乗り移っているかのように、リアルに感じていた。

「あれは、晴太じゃない」

「もちろんです。通りすがりの、名も知らぬ子どもです。俊太さんにとっては、こちらの方が平和かもしれませんね」

冷たく聞こえる車掌の声が、俊太の耳を通り過ぎていく。

「記憶を消した場合、妻に関わった人たちの記憶はどうなる？」

「その辺は、不都合のないように変更されますからご安心ください。もっとも俊太さんの場合、奥様とは出会ってしまうと記憶の辻褄《つじつま》が合わなくなりましたので、接点がないまま人生を過ごすことになります。ですので、お子様の存在はなかったことになりますが、奥様はこの世のどこかに存在していたことになりますのでご安心を」

「ご安心をって……。仮にその場合、やっぱり妻は病気で亡くなるのか？」

さあ？　と言いたそうに、車掌は小首をかしげた。

「出会いが変われば、その後の運命も変わりますから、私には何とも。もちろん可能性としては病気になってもおかしくありませんが、早く発見されて、命までは落とさないということもあり得るとは思います」

「ってことは、俺と出会わなければ生きているかもしれないと……」

「あくまでも、そういう可能性があるということで、病気を発症した年齢を考えれば、厳しいと思われます。ただ、お二人のことを忘れた世界です。結果的にどうであれ、配偶者の死も、子どもの事故も他人事ですから、俊太さんが気にされる必要はないでしょう」

車掌の言葉には、温度が感じられなかった。

いったいどれだけの人の過去を見てきたら、平静でいられるのだろう。どんな時間を過ごして来たら、取り乱さずにいられるのだろう。

俊太は両方の手のひらを広げた。妻とも晴太ともつないだ手。確かに最初からつながなければ、冷たさに気づかないまま生きていけるかもしれない。

「奥様に関する記憶は残しますか？」

「それって……」

「お子さんに関する記憶だけを消すという方法もあります」

結婚をして、だけど子どもはいない。そんな夫婦は確かに珍しくないだろう。だが、その場合にしても、妻が亡くなった事実は変わらない。

「でもそんな……そんなことがあって良いわけがない。妻だって、晴太が生まれたとき、凄く喜んでいたし、晴太の存在がなかったことになんて、できるわけがない！」

「ですが、事故当時の記憶を消すだけでは、不都合がおきます。まだ四歳だった子どもが、事件、事故などの特別な事情なく親元から離れるケースは一般的ではありません。しかも、思い出を作った期間は短い。事故の記憶を丸ごと消すとなると、お子さんの存在を消す方が無難でしょう」

まるで、モノのように語る車掌に、俊太は頭にきた。

「そんな冷たいこと、よく言えるな！　オマエ、それでも血の通っている人間かよ！」

俊太が車掌の胸倉をつかむ。——と、背後から突然、ケリが入った。

「って！」

「その手を離せ。じゃないともう一発ケリを入れる。今度はもっと凄いヤツだ」

「テオ、私は大丈夫です」

眉一つ動かさない車掌を見ていると、俊太の手は力を失う。崩れるように座席に座ると、俊太は頭を抱えた。

目をつむると思い出すのは、晴太の笑顔。泣き顔。頬を真っ赤にさせて怒っている顔。眉を寄せている顔。

その中でもやっぱり記憶に深く刻まれているのは、笑顔だ。

初めて補助輪を外して自転車に乗れたとき、晴太は満面の笑みを浮かべた。

母親の一時退院に見せるんだと、晴太は自転車の練習に励んだ。そして妻は、息子の姿を見て、病気が発覚してから初めてといっていいくらい、嬉しそうに笑っていた。「凄いね、凄いね」と晴太を抱きしめた。

もっとも妻は、晴太が自転車に乗れるようになったことを喜んでいたのではなかったと思う。晴太の嬉しそうな顔を見られたことが、妻にとっても嬉しかったのだと俊太は考えている。

すでにこの世にいない妻に、それを確かめるすべはもうないけれど。

今ここにいたら、君はなんと答えてくれるだろうか。

「学生時代に、付き合った人がいなかったとは言わないけど……あんな——妻みたいな人は初めてだった」

「大恋愛ってヤツか？　俊太も隅に置けねぇなあ」

テオがイヒヒ、と趣味の悪い笑い方をしている。少しばかりムッとしつつ、俊太は否定した。

「いや、その逆」

「逆?」

聞き返したのはテオだったが、車掌も不思議そうな顔をする。

自分の恋愛話など、普通なら酒を飲まなければ話せないが、この夢なのか現実なのかもわからない空間ならば、何だって言えそうだった。

「どっちかっていうと、それまでは恋愛に振り回されていた感じだったけど、自分をとりつくろわなくて良い感じがしたんだ。素の自分でいられたって感じかな」

「よほど相性が良かったのでしょうね」

「そうだと思う。特に食に対して」

妻と出会ったのは社会人になって三年目。仕事にも慣れたころだった。

二人の結婚式で、司会が語ったなれそめは「友人の紹介」。つまり……合コンだ。友達の友達つながりの合コンではあったから、まるっきり嘘ではないが、「飲み会があるんだけど、人数が合わなくてさ」と誘われたのだから、やっぱり合コンである。

気乗りがしないほど草食系でもなく、さりとて一夜限りでも良いからと思うほど肉食系でもなく、良い出会いがあれば、という感じのノリだった。妻も人数合わせで誘われた、と言っていたのは、嘘ではないだろう。俊太と似たようなテンションでその場にいた。適当に会話に加わり、楽しんでいるようではあったけれど、それよりは目の前の料理に心を奪われていたのだから。

ハンバーグは牛肉百パーセントと合いびき肉のどちらが美味しいかという話からスタートし、やがて牛肉と豚肉は何パーセントずつの割合が最適かという話で盛り上がった。盛り上がったついでに、どこのお店のハンバーグが美味しいという、各々のプレゼンテーションが始まり、やがて一緒に食べに行こうとなったときには、俊太はこの人と付き合うのだと、根拠もなく確信していた。

車掌が少し顎を持ち上げて、天井の方を見ながら目を細めた。

「ちなみに、そのプレゼンテーションはどちらに軍配が上がったのでしょうか?」

「ハハ……そんなことが気になる?」

「ええ。俊太さんのどの部分の記憶を消すのが最適なのかを考えるには、様々なお話を知ることが重要ですから」

「ハンバーグの話が……。結論を言えば、引き分けだった。俺のお気に入りの店も、妻の行きつけの店も、どっちも美味しかったから。ハンバーグの味は、肉だけじゃなくて、ソースなんかでも変わるし。二人で食べ歩きして、そのときの気分で、いろんな店に行った」

「なるほど。ハンバーグ一つとっても、思い出がたくさんあるということですね」

言葉にされて、俊太は答えを見つけた気がした。

妻との思い出は消したくない。ハンバーグだけではない。一緒に出掛けた場所。見た風景。交わした言葉。触れたぬくもり。

そのすべてが思い出だ。

ただ、今の俊太には良い思い出も辛い。思い出すたびに、ここにはいないことを実感する。

俊太が決めかねていると、車掌が左手の腕時計に視線を落とした。

「まだ時間がありますから、もう一つご覧になってみますか」

「もう一つって?」

俊太が疑問の答えを知る前に、列車はまた動き出す。

ドアが開くと、再び白い霧が車内に押し寄せ、辺りが見えなくなった。二度目は少し落ち着いていられる。ジッと待っていると、今度は太陽が輝く早朝のように、澄んだ空気が広がっていた。

※

立て続けに家族を失った俊太は、毎日できるだけ何も考えないようにしていた。会社には行く。最低限の仕事はこなす。だが意欲などなく、機械のように作業をしていたにすぎない。本来ならそんな社員は迷惑だろうが、ありがたいことに会社も事情を察してくれて、あまり無理は言ってこなかった。

——時間が経てば、いつか傷は癒えるから。

そうアドバイスしてくれる人もいるが、今のところまったくその気配はない。むしろ妻が亡くなったことでついた傷は、晴太を失ったことでさらに大きく、深いものへと変化していた。

泥の中を泳いでいる感じしかしない。息もできなければ、視界も閉ざされている。このまま息を止めていれば、自分も死ねるだろうか。

俊太はそんな風に思うが、本能的なものなのか、完全に息が止まる前に、泥から顔を出してしまう。死んでもいいのに、と思う気持ちは嘘ではないのに、ギリギリのところで、生への方へ手を伸ばす。そしてそんな自分に腹が立っていた。

結婚してから借りたアパートの間取りは2DK。晴太が小学校にあがるころにはもう少し広いところに引っ越したいね、と妻と話していた。築浅だった部屋も、晴太が生まれてから、柱やドア、床にいくつものキズができた。退去するときに、どのくらいの修繕費用が必要か。そんな話も妻としていたが、引っ越しは当面必要なくなった。

俊太は部屋の中を見回した。

今日は日曜日。平日よりも少し寝坊して、三人で食卓を囲む時間だ。テーブルの上にはパンと目玉焼き、そしてサラダ。コーヒーを淹《い》れるのは俊太の役目で、妻は晴太にミルクを用意する。そんな朝を迎えていたはずなのに、今朝の俊太はまだ何も食べていない。自分一人分では、コーヒーを淹れるのすら面倒だった。

妻のものも、晴太のものも、二人がいたときと同じままにしてある。何度か片づけようと思ったが、いざ始めようとすると手が止まる。

俊太はおもちゃ箱から、戦隊モノの変身ベルトを出した。

妻は最初、晴太に戦隊モノを見せたがらなかった。妻の実家は父親しか男性はいなくて、馴染みがなかったのだろう。

俊太が「女の子が戦っているアニメだってあるじゃないか」と言ったら、どうやら妻は興味がなかったらしい。存在は知っていても、見たことはなかったという。

戦隊モノを見ることで、晴太が暴力的になったら困ると思っていたようだが、最終的に俊太が「俺だって子どものころははまっていたけど、喧嘩《けんか》しようとは思わなかったよ」といった一言で妻が折れた。

が、折れたあとの変わり身の早さは凄かった。男児がいる母親たちの間で、その話題はかなりの確率で交わされるらしく、ヒーロー役の若い役者にはまるのは、子どもよりも母親たちだった。隠していたようだが、いつしか毎週日曜日のテレビ放送を楽しみにしていたのは、晴太よりも妻の方だったと俊太は思う。

俊太はテレビのリモコンを手にした。

二人がいたころの日曜日のこの時間に、テレビをつけていたのは妻だった。朝食を終えて、テレビの前に座る妻と息子。その背中を、ダイニングテーブルで三杯目のコーヒーを飲みながら眺めているのが、俊太の日曜日の朝の光景だった。

今は、番組のオープニングテーマ曲だけが、静かな部屋の中をにぎわせている。

俊太の頰に涙が伝った。仕事中はこらえているが、家にいると息をするだけで泣けてくる。

部屋の中には二人が生きていたころの空気が、そこかしこに残っていた。

「ねえ」

と声をかければ、

「何?」

と妻の、少し気の乗らない返事が聞こえてくる気さえする。それでも俊太の方に振り向いてくれる。

「パパ、今はシー」

晴太の顔は画面に釘付《くぎづ》けだ。俊太は少し寂しい。

でもそれで良い。番組が終わればきっと、晴太も「さっきはごめんね。パパ、あそぼ」とおもちゃを持ってきて言うからだ。そこから戦隊ごっこが始まる。もちろん晴太はヒーロー役。俊太は悪役だ。ときおり妻がヒロイン役になって、ヒーローに助けられる。妻は病気が発覚したあとも、その「ごっこ」を楽しんでいた。

『だってそうでしょ。最高のヒーローに助けられるんだもの』

自分の息子と張り合っても勝ち目がないことくらい、俊太もわかっていた。だから、ヒーローの晴太に抵抗しつつも、最後は大げさに負けた。

でも今は、番組が終わっても、「あそぼ」という声はしない。部屋の中には、外を走る車の音だけが響いていた。

「どうして？　どうして？　どうして？」

自分の声がうるさい。問いかけても、叫んでも、応えてくれる声はない。

俊太は逃げるように、アパートの外に出た。

ぼんやりとしながら、目的もなく歩いていると、俊太の向かいから、母親と手をつないだ子どもが歩いて来るのが見えた。見覚えのある顔だった。

俊太は引き返そうとした。だがそれよりも早く届いた「あ、晴太君のお父さん！」という声が、そうはさせてくれなかった。手を振っている。小さな存在が、俊太をめがけて走って来る。

「晴太君のお父さんだよね？」

晴太の友達だ。保育園の行事で何度か会っていた。

「……そうだよ」

「やっぱり！」

言い当てたことが嬉しいのか、男児は誇らしそうにニコニコしていた。子どもの後ろに立っていた母親が、気まずそうに会釈する。

「お久しぶりです」

保育園の関係者と会ったのは、いつ以来だろうか。

晴太の葬儀には、親族と保育園の園長、担任以外は遠慮してもらった。立て続けに起きた不幸は、俊太の負担が大きすぎた。とはいえ、保護者には連絡が行っているはずだ。俊太と対面している母親は、晴太がなぜ死んでしまったのかを知っている。

「ねえ、晴太君は？」

「──え？」

「晴太君は元気？　遊べる？」

俊太はとっさに母親を見た。泣きそうな顔で、申し訳なさそうに頭をさげる姿を見れば、子どもには真実を伝えていないことはわかった。恐らく、引っ越したとでも言ってあるのだろう。

晴太のことを覚えていてくれたことは嬉しい。できれば、一生忘れないで欲しい。でもそれは無理な話だ。今はまだ、記憶に新しいかもしれないが、子どもが生きる時間は、大人とは違う……真実を伝えれば、深い記憶になるかもしれないが。

母親は不安そうな表情で俊太を見ている。

俊太は口角をあげて、笑みを作った。

「今日は一緒じゃないんだ」

「えー、じゃあ、明日は遊べる？」

「……明日も無理かな」

「明日の明日は？」

「それも難しいかな。晴太は……遠い場所にいるからね。でも君に会ったことは伝えておくよ」

ホッと胸をなでおろすような母親の表情を見て、俊太はこれで良かったのだと思った。

男児は、あーあ、とため息をついた。

「僕さあ、自転車に乗れるようになったから、晴太君と一緒に乗りたかったんだよね」

「え？」

「晴太君。クラス中で一番だったもん。カッコよかったから」

「ああ……そうか。君は覚えていてくれたんだ。そうか」

そうか、そうか、としか俊太には言えなかった。

晴太の死を伝えなかったことが、正しかったのかどうかは、俊太には判断できない。ただ、こんな風に晴太のことを語ってくれる友達がいたことは、俊太にとって嬉しい時間だった。

「晴太君のお父さん。どっか痛いの?」

「ん?」

「泣いてるから」

ダメだ。外にいても涙がこぼれる。

早々にその場をあとにした俊太は、走って家へ帰った。泣く場所はここしかない。

ズボンのポケットに入れていたスマホが震える。見知らぬアドレスからメールが届いていた。

「なんだろ……」

メールを開くと「俊太&晴太」という書き出しが目に飛び込んだ。

「ええ?」

発信元はどこかの会社のようだが、依頼主の名前は妻。一年前に登録していて、ちょうど今日、届くように設定されていたらしい。

俊太&晴太
元気ですか？　私はもう、いないよね。いたら、このメールは届いていないから。
俊太。元気にしていますか？　料理をもっと、教えておけば良かったと後悔していま
す。でも俊太ならきっと、大丈夫だよね。
何度も作ったハンバーグのレシピ。食器棚三段目の右端に置いてあるノートに書いてお
きました。良かったら作ってみて。
私の味が再現できるから、きっと美味しさに泣けると思うよ。
晴太。元気？　自転車に乗っている？
車に気をつけて、いろんなところへ行ってね。
ブロッコリー苦手だったけど、食べられるようになった？　嫌いな食べ物を減らした
ら、きっとパパみたいに大きくなれるよ。
でもね。嫌いなものを減らすのと同じくらい、好きなものを増やしていってね。好きな
ものがたくさんあると、きっと晴太は元気になれるから。
二人のこと、いつでも見守っているね。でも忘れたくなったら忘れて。

それは自然なことだから。

その代わり私が、俊太と晴太のことを覚えています。覚えているから、二人とも元気でね。

メールを読んでいる間、ずっと俊太の耳もとで妻の声が聞こえているように感じていた。もちろん錯覚だ。でもそう感じた。

余命を宣告され、用意していたのが一年後へのメッセージ。そこに自分はいないと知りながら、俊太と晴太のことを考えてくれていた。

「元気でなんか、いられるかよ。晴太までいないなんて、想像しなかっただろ？　想像できなかっただろ？　俺もだよ。でもいないんだよ。いるのは俺一人なんだよ。こんなの、耐えられるわけないだろ！　しかも晴太は、俺が殺したんだ！　どうやって生きろって言うんだ」

晴太の事故のことを、俊太はまた思い出していた。手を離さなければ。一緒にいれば。何十回、何百回と、あのときのシーンがよみがえっている。

「どうやれば、忘れられるんだ！」

俊太は誰もいないアパートの中で、声の限り叫んだ。

※

車掌がドアを閉めると、一瞬で列車内の空気が元に戻る。エンドロールが終わり、照明が点いた映画館のように、現実に引き戻された。

列車はまた動き出す。「戻ります」という車掌の一言で、旅の終わりが近づいていることがわかった。

「記憶を消したら、メールは届かないのか？」

「そうですね。でも仮に届いたとしても、問題はありません」

「どうして？」

車掌はこの日、一番悩ましそうな顔をして「例えば」と前置きをした。

「今ここで、俊太さんのスマートフォンに、見知らぬ人からメールが届いたとします。文面は、先ほどと同じもので構いません。その場合どう思われますか？」

「どうって……」

メールは俊太と晴太に問いかける感じだった。だがもし、晴太の存在そのものを忘れた場合は、あの文章の意味を理解できないだろう。忘れた世界には、晴太は存在しないのだから。そして妻のことを知らなければ、もっと意味がわからないはずだ。

「なるほど。それで見知らぬ人から届いたメールか……」

「そもそも、人の記憶は意外と当てになりませんから、わからないことは、上手く処理してしまうようになっています」

処理と聞くと機械的だ。妻からのメールのことを話していたこともあり、あまり良い気分ではない。だが車掌に他意はないらしく、言葉通りに考えるしかなさそうだった。

「じゃあ忘れたあとも、特に問題はない、と」

「そうです」

「でもそれなら、どうしてあのとき――晴太が事故にあった瞬間の記憶だけは、いつまでも忘れられないんだろう」

もともと俊太は、記憶力に優れているわけではない。買い物に行っても、必要なものの三つのうち二つは買っても一つは忘れて、妻によく呆れられた。

だけどあの日のあの場面だけは、録画した映像を再生するように鮮明に残っている。

「息子のことは覚えていたいけど、それでも、あのときのことは忘れたい。なのにどうして忘れられない？　あの日、事故が起こる直前に通った車の色も、俺の手から離れる前の晴太が話していた言葉も、晴太の真上を飛んで行った鳥のことさえも」

話しながら徐々に俊太の息があがる。興奮する俊太とは対照的に、車掌は書物を読み上げるように淡々と語った。

「個人差はありますし、記憶の方法は人それぞれですが、人間の脳は起きた事実に関係すること以外にも、その直前に起こったすべての事柄を印刷するように覚えることがあります」

「……印刷？」

「はい。細部までコピーするように記憶しているという意味で、です」

俊太は映像を再生と考えたが、印刷というのもしっくりくる。場面によってはその部分が静止画のように脳に貼りついている。どんなにはがそうとしても強固な糊《のり》でくっついていて、はがすことができない。

「車掌さんにも、そんな場面はある？」

車掌は口元に手を当て、少し考えるようにどこか遠くを見る。「いいえ」と首を横に振った。

「ありません」

嘘は感じられなかったが、直前で考える様子を見せたから、疑いたくなる。だが深い闇の色をしている車掌の瞳をどんなに覗いても、どこを映しているのか、何を考えているのか、その奥になにがあるのかは、俊太には見えてこなかった。

俊太は窓の方を向いて言った。

「俺、記憶を消さない」

「理由をお訊ねしてもよろしいですか？　お二人のこと……とりわけ、息子さんのことは覚えている方が辛いと思いますが」

「ああ。辛い」

「でしたらなぜ？」

「そんなの簡単。他の人は忘れるかもしれないけど、俺だけは忘れない自信があるから」

晴太の保育園の友達は、やがて晴太のことは忘れるだろう。俊太だって、幼児のころの友達を覚えてなんかいない。寂しいけれどそれが自然だ。

俊太の両親は、可愛い孫のことは覚えているだろうが、年齢順でいけば、俊太よりも先に晴太が今いる場所へ行く。

そうして、いろんな人たちのことを考えていくと、二人のことを一番長く覚えているのは俊太になる。

「二人が存在しなかったことになるのは耐えられない」

ずっと大人しくしていたテオが口を挟む。

「俊太は耐えられるのか？」

「さあ……」

この先もずっと、辛さを抱えて生きていけるのかは俊太もわからない。今の決意だって、明日には消えているかもしれない。それでも、耐えられるところまで耐えるしかないと、腹をくった。

「時間を巻き戻す意味なんて、なかったんだな」

俊太のつぶやきに車掌が応えた。

「時間を戻ることは、本来できないことですから。ただ……奥様からのメッセージにもありましたが、忘れることが悪いことではありませんし、記憶が薄れることに、罪悪感を抱いてはなりません」

「どうして？」

車掌の声が優しい。それまで感情の読めない、作り物めいた表情をしていた車掌が、柔らかく目を細めていた。

「人は、前に進むため に忘れるからです」

「前に進むため？　忘れるなら後退じゃ……」

「いいえ、記憶は人を縛ります。縛られたままでは、そこから動けなくなってしまいます。それは俊太さんが、すでに実感されているはずです。だから、忘れることを恐れないでください」

「……そっか。それでもやっぱり、あの日のことはずっと忘れられないだろうし、今回のことも忘れられないだろうな」

「この列車内で見聞きしたことは、降りたあと、すべて忘れます」

「だったら、もうすぐ妻から届くメールは、何も知らない状態で読めるのか」

車掌のこともテオのことも、空飛ぶ列車のことも、忘れてしまうのは惜しい。でも、夢を見ていたのだと思うしかないだろう。ほとんどの夢は、目が覚めたときに見ていた内容を忘れる。それはまた、朝が来て前へ進み始める合図でもあるのかもしれない。

「もう一度、まっさらな状態で読めるなら、未来も悪くないかな」

※

上野駅の十八番線のホームから、俊太の背中が遠ざかる。

最初にこのホームへ来たときと比べても、その背中に変化はない。俊太は忘れないことを選択したからだ。

「やっぱり、しょぼくれた後ろ姿だな」

「テオ!」

「仕方がないだろ。忘れるのも地獄。忘れないのも地獄。そんな記憶を持っているニンゲンなんだからさ」

相変わらずテオの口は悪い。でも口の悪さの代わりに、優しい部分もある。

車掌がテオを見ていると、「何だよ」と少し強がった口調で言い返してきた。

「私は何も言っていませんよ」

「うるさいな！」

「だから、何も言っていません」

照れくささを隠すためにテオは怒っているが、墓穴を掘っているだけだ。

車掌はそんなテオが可愛い。

「テオの優しさに、彼は救われているでしょうね」

フン、と鼻息荒くそっぽを向いて、テオは車掌に表情を見せない。

テオは本当に優しい。それには車掌も救われていた。

「それにしても、俊太が忘れないことを選ぶとはね」

「予想外でしたか？」

「そりゃそうだろ。忘れてしまえば、あんなに辛い思いはしなくて良い……ってオイ、止まれ！」

「え？」

「え？　じゃない！　列車から降りるな！」

テオの話を聞いているうちに、車掌はふらりと、列車から降りようとしていた。無意識の行動は、車掌自身も驚いていた。

「私はいったい……？」

車掌は混乱していた。

テオの言う通り、車掌は絶対に列車から降りてはいけない。それだけは理解しているのに、今は忘れていた。

「ドアを閉めろ」

テオの口調は荒いが、命令でないことは車掌もわかっている。

車掌がドアを閉めると、テオはホッとした様子で座席に座った。短い脚を組んで、ふんぞり返っている。偉そうな格好をしているが、全然そうは見えないのが、テオの良いところだ。

「俊太は、あの重い荷物を背負い続けられるかな」

「どうでしょう。私にはわかりません。ただ軽くはないでしょうけど……テオの優しさに、救われているとは思いますよ」

「二度も言わなくていい！」

テオが何か言いたそうに口を開きかけたが、何も言わずにため息として吐き出した。

しばらくしてから、窓の方を向いてボソッと「俊太はチョコをくれたからな」とつぶやいた。

それが、車掌の言っていた「テオの優しさ」に対する答えだ。

テオは俊太の最も辛い部分を少し薄くした。息子がひかれる瞬間の記憶だ。透き通ったクリアなガラスを、すりガラスに変えた程度だが、俊太の痛みは薄まるだろう。

「ニンゲンの記憶なんて、いい加減なんだ。長い間に少しずつ、自分の都合のよいように改変する」

「そうですね」

だから少しくらい、記憶が違ったところで問題ない。大切な二人の思い出を残しておくために、一番辛い部分を薄くすれば、この先も大切な思い出を抱えて行けるだろうから。

「忘れられないほど大切な人がいるって、どんな感じなんでしょうね」

「さあな」

足を組み替えたテオの腹が鳴る。

「チョコが食べたい」

「汚したら、また掃除してもらいます」

「そこは忘れろよ」

思わずこぼれたテオの本音は、吐息レベルの声量だったが、静かな車内では隠し切れなかった。

「却下します」

険しい表情で車掌が詰め寄ると、ごめんなさい、とテオのしっぽが垂れた。

三章

橋爪《はしづめ》　紗耶香《さやか》　二十八歳

占いで一位だったことなんて、家を出た瞬間に忘れた――。

今日は橋爪紗耶香の二十八回目の誕生日で、世間はクリスマスイブで、しかも朝の情報番組の占いコーナーの一位は、紗耶香の星座のやぎ座だった。

何の根拠もないけど、きっと良い一日になる。そんな風に紗耶香は考えていた。だから拷問のような通勤ラッシュも、いつもよりは我慢できる。もちろん、いつもよりは、だ。

進学のために十八歳で地方から上京して、初めてラッシュを経験したときは、本気で「圧死する」と思った。それまで経験していた「田舎のラッシュ」の比ではなく、十年東京に住んでいても慣れるものではなかった。だが紗耶香の友人は「私、痴漢ホイホイかも」と、混雑よりも痴漢の多さを嘆いていた。

痴漢に合うのは、路線のせいなのか、電車内での居場所のせいなのか、それとも服装のせいなのか、本人が持つ雰囲気なのか。

友人たちと激しい議論を交わしたが、結局のところ、満場一致の答えは出なかった。その代わり、全員でうなずいたのは「ターゲットも一人じゃなければ、痴漢も一人じゃない。つまり全員がいつ標的にされるかわからない」だ。

感心するところではないが、妙に納得してしまった。数は少ないかもしれないが、男性だって痴漢にあうこともあるだろうし、年齢、性別問わず誰しも安全ではないのだろう。

とはいえ、女性の中では比較的長身で服装も地味なものが多かったせいか、紗耶香は通勤ラッシュの苦労は味わっても、痴漢に遭遇することは、これまで一度もなかった——が。

最初は気のせいだと思った。満員電車で、誰かの肌が触れることは日常だ。ただそれを痴漢だと思わなかったのは、後ろに立つ人が女性だったり、背にしたカバンやキャリーバッグだったり、そこに意思が入っていなかったから、不快や恐怖はなかった。

だが今、紗耶香は明らかに不快と恐怖を感じていた。

気のせいだと思いたい。偶然、手が触れてしまうことだってあるはずだ。でもそう思おうとするのに、紗耶香に触る手が、離れるどころか押し付けるような動きになり、今はスカートの内側に入っていた。薄手のタイツと下着が、ギリギリの防波堤になっている。

友達同士で痴漢に遭遇した場合、対処法の話になったこともある。

大声をあげる、助けを求める。証拠写真を撮る、ブローチのピンを刺す。手をつねる、逆に触り返す……。

過激なこと、無理そうなこと、さらには現実的なことまで、いろいろな案が出たが、いざ当事者になってみると、紗耶香は何もできない。もし自分の勘違いだったらという気持ちと恐ろしさで、大きな行動には出られなかった。

「や……やめてください」

蚊の鳴くような声で抗議する。でも隣の人のイヤホンから漏れる音楽の方がまだ響いていた。

生温かい息が首筋をかすめる。顔を確認しようと思うのに、怖くて振り向けない。

男の手は、紗耶香の下着の中に入ってきた。

会社のある駅までは、あと二駅。時間にして五分程度だ。だがその五分が長い。二十八年間生きてきて、こんなにも五分間を長いと感じたことはなかった。

何もできない自分への苛立ちと、気持ち悪さと、怖さと、いろいろな感情が混じり合って、紗耶香の目から勝手に涙がこぼれる。

そのとき、紗耶香を触っていた手が離れた。

急ブレーキがかかったわけでも、周りの人が移動したわけでもない。電車はまだ動いている。

紗耶香の耳の近くで、男性の声が聞こえた。

「次の駅で降りてください」

声の方に首を動かすと、斜め後ろにいた男性が紗耶香を見ていた。紗耶香と同じか、少し年上だろうか。周囲の人よりも頭一つ背が高い。スーツにネクタイ姿だから、同じ路線を利用するサラリーマンだろうが、バスケットやバレーボールのユニフォームを着ていれば、選手に見える体格だ。

「あの……」

「不愉快でしょうけど、当事者がいないと、話が進まないと思いますので」

「でも……」

「大丈夫です。次の駅まで、必ず僕がつかんでいます」

何を？　と訊ねるまでもない。紗耶香の身体に触れていた手のことだ。

男性が顔の向きを変えて、紗耶香の真後ろの人に話しかける。

「あなたにも降りてもらいます」

「何のことだ」

「とぼけても無駄です。証拠があります」

「やってないんだから、証拠なんてあるわけないだろ」

紗耶香を助けてくれた長身の男性は声をひそめていたが、痴漢をしていた男は、威嚇するように声を張り上げる。声の大きさで、優位に立つつもりだろうか。

だが証拠と言った男性は、ひるむことなくゆっくりと口を開いた。

「それは警察官の前で」

「だから何だよ。言えないってことは、ハッタリだろ！」

「証拠かどうかは、警察の方に見てもらい、判断してもらいますから」

「撮ったのかよ！」

長身の男性は、何も答えずに唇を横に引いた。

この混雑している状況で、写真を撮ったということが、紗耶香はにわかに信じられなかった。でもこれだけ密集している中で痴漢行為をする人がいることを考えれば、ありえない話ではないのかもしれない。

痴漢をしていた男が鼻息荒く言った。

「仕事に遅れたらどうするんだよ」

「仕事に遅れて困るなら、初めから痴漢なんてしないでください。捕まればどうなるか、今さら説明が必要ですか？」

「でも仕事が……」

ぎゅうぎゅう詰めの電車の中で、威嚇していた声が徐々に力を失っていく。

電車が止まる。紗耶香の目的地はもう一つ先だが、人波に流されるように、ホームへと降りた。

痴漢は流れに乗って逃げようとするが、長身の男性の力の方が強い。羽交い絞めをされながら「冤罪《えんざい》だ！」と叫んでいた。

「だからそれは、警察の人に言ってください。とりあえず今、連絡入れますから」

「そんなことをしていいと思っているのか！　俺はやってないぞ」

長身の男性は、紗耶香を見て「一緒に行けますか？」と訊ねる。

「は、はい……」

正直なことを言えば、関わりたくない。だが助けてもらって逃げるわけにはいかない。この人がいなければ、まだ痴漢行為に耐えていただろう。そう考えると、いくらお礼を言っても言葉が足りない。

「あの……ありがとうございます」

「気にしないでください」

ツイていない日はとことんツイていない。そしてこの日。紗耶香にとって人生最悪の一日の始まりだった。

※

橋爪紗耶香が病院の外へ出ると、冷たい風が吹きつけた。

「寒……」

コートの衿《えり》を立てて身を縮ませても寒さは変わらず、吐きだす息が白い。

東京で一番寒いのは一月だということを、紗耶香は入院中、ぼんやりと見ていたテレビで知った。今日は一月四日。寒いのは当然ではあるが、それにしても寒すぎる。

正月の三が日は過ぎたものの、暦の関係で今年は多くの企業が四日まで休みなのだろう。駅に向かう道すがら、デパートのロゴが入った紙袋を持った人たちとすれ違う。

新年の何がめでたいのか紗耶香には疑問だ。浮かれ気分で買い物をする人も、今年こそはと決意新たに神社へ向かう人も、年が変わっただけで、去年のことがすべて終わりになったと思っている人も、見ていると全部に腹がたつ。

「そんなこと、あるわけないのに」

十二月三十一日から一月一日までの間は、切れ目なく時間が続いている。去年がリセットされるわけではない。

紗耶香は痛む足を引きずりながら、ゆっくりと人波に逆らうように歩いていた。

「やっぱりタクシー……いやいや、お金ないし」

目的はJR上野駅。病院に一番近い地下鉄の駅はあるが、わざわざJR線の駅まで歩いたのは定期券を使うためだ。

上野駅に近づくと、亀の歩みだった紗耶香の歩調がさらに遅くなる。足は痛いが歩けないわけではない。ただ建物全体が重く紗耶香にのしかかる。襲い掛かってこられるような恐怖を感じていた。

大丈夫、大丈夫。そう自分に言い聞かせるように、紗耶香はつぶやいた。だが駅の中に足を踏み入れたところで、紗耶香は完全に止まってしまった。

立ち止まる紗耶香は通行の妨げになっている。わかっているのに動けなかった。

電車に急ぐ人たちは、紗耶香を邪魔そうによけていく。よけきれない人が、軽くぶつかった。

「ボサッと突っ立ってるな！」

男性のイラつく声に怯えながら、紗耶香は頭を下げた。

「ご、ごめんなさい」

謝罪を言い終わらないうちに、男性は去っていった。

平日の通勤ラッシュ時はもっと混雑している。慣れているつもりだったが、今は足がすくむばかりだ。

紗耶香は人が少ない方、少ない方へと流される。ただ今日は参拝や買い物などで遠方から訪れる人が多く、普段はすいているはずの路線にも人が溢れていた。

「どうしよ……」

ずっとここにいるわけにはいかないが、電車に乗りたくない。そもそも、電車に乗ったところで、帰る当てもない。

行先を失った紗耶香は、やがてほとんど人のいない場所にベンチを見つけた。

ベンチに荷物を置き、紗耶香はようやく腰を落ち着ける。必要のない、仕事用のカバンが重く感じた。

紗耶香は紙袋からノートパソコンサイズの箱を取り出した。いつもなら丁寧にテープを

はがす が今日は気にしない。ビリビリと包装紙を破り、蓋を開ける。中には艶《つや》やかなチョコレートが並んでいた。たった四粒程度でもちょっとしたランチが食べられる、ブランドチョコレートだ。それが三十粒ほど入っている。

「こんなにもらっても……」

来月になれば、これを求めて並ぶ女性が大勢いるのだろう。恋人や知人に贈るために買う人もいれば、自分で食べるための人もいる。紗耶香の元同僚にも「自分にご褒美」と言って、毎年ゼロの数を間違えたのかと思うくらい高いチョコを買っている人がいた。「宝石箱みたいでしょう」とチョコレートの箱を見ながら、目を輝かせていた。

「看護師さんは、もらってくれなかったし……」

荷物を減らしたかったのだが、ナースステーションでは丁寧に断られ、持ち帰るしかなかった。

ベンチの近くのごみ箱が気になるが、さすがに捨てるのは気が引ける。

紗耶香は親指と人差し指で、チョコレートをつまみ上げた。半円形のブラックチョコの上に、ホワイトチョコで波のような模様が描いてある。中には何か入っているのだろうか。チョコを熱く語っていた元同僚の、ガナッシュがどうの、プラリネがどうのという言葉が、頭の中に思い浮かんだ。

「ホント、どうしよう……」

友人にあげようかとも考えたが、チョコレートくらいで正月に呼びだすのは気が引ける。しかも紗耶香は一人暮らしだ。実家は遠く、そもそも折り合いが悪い。

チョコレートには罪はないが、見ているとモヤモヤとした気持ちがこみ上げてきた。

「何もかも忘れられたらいいの――あっ！」

指先からチョコレートが零《こぼ》れる。コロコロとベンチの下に転がる。紗耶香は座ったまま頭を下げて、ベンチの下を覗いた。

ぐらり、と視界が歪《ゆが》む。紗耶香はとっさにベンチの背もたれをつかんだ。

「痛っ！」

目立つ外傷は腕と足だが、背中と腰は打撲している。とっさの行動に、身体が悲鳴をあげる。目をつむると目じりに涙がにじんだ。

ずっと、横になっていたからだろうか。だが単純な眩暈《めまい》とは少し違うような気もする。

紗耶香の体調というよりは、目の前にある空間が歪んだように思えたからだ。

「――ん？」

ベンチの下でライトを点滅させているような光を見つけた。

『拾え』

誰かの声がした。

頭を打ったとは言われていないが、事故の後遺症だろうか。周囲に人はいない。少し離れたホームには人がいる。声が反射して聞こえたのかもしれない。

『拾えって』

「……もしかして、私に話しかけている？」

『他に誰がいるんだよ。さっさと鍵拾って、こっちへ来い。わかりやすいように、光らせているだろ』

「ん――……」

再び周囲を見回すが、やはり紗耶香しかいない。でも相手の姿は見えない。気味が悪い。病院へ戻った方が良いかもしれない。ベンチから立ち上がり、入ってきた方向へ戻ろうと、踵《きびす》を返し――。

「行けない？」

何もないはずの場所で、何かにぶつかった。それほど痛くはないのは、ぶつかった物がふにょん、とクッションのように軟らかい感触だったからだ。だが、目の前にはなにもない。

『帰るな。鍵を拾って、そこのドア開けてこっちへ来いって言ってんだろ』

「鍵？」

『ベンチの下でピカピカ光っている。グズグズするな』

「もしかしたら鍵がしゃべっているとか？」

『俺さまは鍵じゃねえ……。ああもう、めんどくさい。来ないなら来させてやる』

紗耶香の右手が意思とは関係なく鍵を握る。見えない力に動かされた身体は勝手にドアの前まで行った。

「ヤダ、何これ。気持ち悪い！」

口では抵抗しても、鍵を持った腕はすでに開錠し、『18』の表示のあるホームにいる。

そして……ちょっと可愛い動物がいた。服は着ていないが、なぜかネックレスのように、時計を首からぶら下げていた。

「チョコをよこせ」

「え？」

見た目は可愛いが、しゃべるとは思わなかった紗耶香は、驚いて足がすくむ。

「襲わないから安心しろ」

「それなら！」

「……あっさり受け入れられるのもつまらないな。普通もっと驚くだろ」

「驚いてはいるけど、人間の方が怖かったりもするから……」

「なるほど。それもそうだな。じゃあチョコをよこせ」

「テオ。その会話のどこに〝じゃあ〟がかかっているのか、まったくわかりません」

聞こえてきたのは、目の前にいる生物とは違う声。列車の乗降口のところに制服を着た人間の男性が立っていた。恐ろしく整った顔立ちをしている。目はぱっちり二重で、鼻筋も通っている。大型スクリーンで二時間見続けても飽きることはなさそうだ。ライトが当たっているわけではないのに、勝手に光っているようにさえ感じた。でも制服を着ている。そして列車の中にいる。ということは……。

「車掌……さん、ですか？」

「はい。テオが無礼なふるまいをしてしまい、申し訳ありませんでした。無礼のうえ、お恥ずかしいのですが、チョコをテオ――この口の悪い動物にあげていただけないでしょうか。そうすれば大人しくなりますので」

「チョコ？　あ、どうぞ」

紗耶香は箱ごと差し出す。が、テオが受け取る前に、車掌が慌てて止めた。

「調子に乗りますから、全部は与えないでください！」

「エサじゃねえ！　ってか、動物じゃない！」

否定するものの、すでにテオはしっかり箱を持っていた。

「かまいません。食べてください」

「良いのか」

「ダメです！」

持ち主の紗耶香は良いと言っているのに、なぜか車掌がダメと言う。

怖いと思ったテオも、箱を抱えている姿を見ると愛らしい。欲しいのなら、チョコはテオに食べてもらった方が紗耶香も嬉しかった。

「本当に良いんです。それにそれは……とにかくもらってください」

テオがフム、と人間くさい仕草でうなずいた。

「ってことは、俺さまが食べて良いんだな」

「人から物をもらっておいて、よくその態度でいられますね」

「チョコには罪はないし、俺さまはニンゲンじゃないから空気は読まない」

「たんに、チョコに目がくらんでいるだけでしょう?」

車掌の声など耳に入らぬ様子で、テオは列車内に入ると、喜々とした顔で箱の蓋を開けた。

「車内を汚さないでくださいね」

鼻歌交じりのテオの耳には、その声は届いていないらしい。反応がない。目はチョコに釘付けだ。

車掌がため息をつき、紗耶香の方に向き直る。無言で向き合っていると夜の闇のような車掌の瞳に、引き込まれそうになった。

「テオが大変ご迷惑をおかけしました」

「気にしないでください。それより……」

紗耶香は車内の様子をうかがった。電車かと思ったが違うかもしれない。車体全体から木製の温《ぬく》もりを感じるし、何より運転席が独立しておらず、客席と同じ車内にある。窓も座席も天井もよく見る電車と違っていて、普段の上野駅とは、時間も空間も異なる場所のように思えた。

「おい、そんなところで呆《ほう》けてないで、さっさと乗れよ」

テオは座席で、箱を抱えるようにしながらチョコレートを食べていた。食レポタレントのように、一口食べては目を細めている。

「チョコのお礼に、嫌なことを忘れさせてやる。スパッと、頭がしゃっきりするぞ」

「テオ。怪しげな言い方をしないでください」

危ないクスリを売っている人の方が、まだ安心できそうと思うのは、少なくとも人間だからだろう。

だがその人間が、一番危険で恐ろしいということも、紗耶香は知っている。何食わぬ顔をして人を傷つける。特に電車の中で……。

「安心してお乗りください。この列車の乗客はお一人様です」

「私だけ？」

「はい」

「え、でも行先って……」

それは、と言った車掌は、紗耶香の目を釘付けにするような、微笑みを浮かべた。

「この列車は、お客様が〝本当に忘れたい記憶〟へご案内いたします」

うさん臭さは消えないが、うなずく車掌に釣られるように、紗耶香の足は列車の中へと入っていた。

「で、アンタは何を忘れたいんだ？」

「テオ。紗耶香さんです」

名乗れと言われたから、さっき名乗った。

車掌にそれを指摘されて、めんどうだな、とつぶやきつつも、テオは「で、紗耶香は何を忘れたいんだ？」と言い直した。

「十一日前にあったことを全部忘れたいんです」

「十一日前と言うと……十二月二十四日か」

テオが哀れみの目で紗耶香を見ていた。

チョコ好きの動物が、何を想像したかはなんとなくわかった。でもテオの想像とは違うはずだ。

「十二月二十四日の朝、出勤途中に痴漢にあったんです。怖いし、恥ずかしいし、気持ち悪くて」

思い出すと今でも震える。相手の手の感触が背中を伝って、脳に恐怖を呼び起こさせる。

車掌が頭を下げた。

「申し訳ありません。列車内での痴漢行為の対策につきましては、全力で取り組んでおりますが、思うような成果を上げられていないことは認めざるを得ません」

「車掌さんが責任を感じることでは……」

「いいえ。乗客の皆様の安全・安心は、鉄道に携わる者として、考えなければならないことですから」

鉄道会社の人がどんなに頑張っても、痴漢をなくすのは難しいことくらい、紗耶香も理解している。自衛は必要で、紗耶香も電車に乗るときには、基本はパンツスタイル。スカートでも短い丈のものは選ばないようにしていた。でも二十四日は、膝丈のスカートを選んだ。それでもこの季節はウールのコートも着ている。スカートよりも五センチ程度長いコートの裾は膝下にある。狙われるとは思っていなかった。

「運が悪かったんです。その日は私の周囲では乗り降りが何度かあって、コートの後ろの裾がめくれてしまったから」

テオがチョコの蓋を閉めたが、名残惜しそうにまだ箱を見つめている。もっと食べたかったようだが、そろそろ車掌の視線が気になるらしい。

「痴漢はどうなったんだ?」

「怖くて声をあげられずに我慢していたら、助けてくれた男性がいました」

「へえ、そりゃ良かった……いや、良くはないな」

でも、助けてくれた人がいたことには救われた。

助けてくれた男性と、痴漢の犯人、そして紗耶香の三人で駅員室へ行った。いや、行こうとした。だがその途中で逃げられてしまった。紗耶香を助けてくれた男性を突き飛ばし、ちょうど到着した次の電車に飛び乗って逃げてしまった。突き飛ばされた男性に怪我《けが》がなかったのは不幸中の幸いだった。

助けてくれた男性は警察へ行き、駅の防犯カメラをチェックしてもらうかと紗耶香に持ち掛けた。犯人の男には、犯行写真があるという口ぶりだったが、実際は捕まえるためのハッタリで、証拠がなかったからだ。

男性に怪我があればそれも考えたが、長引かせたいことではない。警察署で電車内でのことを一から説明するのも、考えただけで気が重い。そして、それでも捕まる保証などない。助けてくれた男性には申し訳なかったが、紗耶香はそれ以上望まないと伝えた。

話を聞いていたテオは、チョコのついた指先をなめていた。

「理由はわかったけど、二十四日の記憶、全部消す必要はないだろ。まさか朝から晩まで悪いことが続いたわけじゃあるまいし」

「普通はそう思いますよね」

「ん?」

「そうだったら良かったんですけど……」

「もしかして、まだ何かあったのか?」

「はい。そのあと出社したら、会社が倒産していました」

「それはまた……」

車掌も予想外の展開だったのか、驚きを隠せない様子で「大変なことで」と続ける。

「以前から会社の経営が危ないという話は出ていましたが、ギリギリのところで倒産を回避していたので、大丈夫じゃないかと思ったりもしていて」

小さいながら老舗とよばれる会社だっただけに、安心していたのかもしれない。でも「歴史と伝統というものは一歩間違えると遺産だよ」と、早々に転職した人が残した言葉に、今なら納得する。

紗耶香が出社すると会社の前には同僚がむらがり、入り口に貼られた倒産を知らせる紙を読んでいた。社長へ連絡しても電話はつながらない。代理人を名乗る弁護士事務所は業務開始前なのか、そこにも連絡はつかなかった。

車掌は腕組みをして、難しい顔をする。

「痴漢も会社の倒産も、かなり大変なことだとは思いますが、やはり丸一日の記憶を消す必要はないかと思います」

「なぜですか？」

「失うものが多すぎるからです」

「……失う？」

「ええ」

うなずいた車掌は両手の平を上に向けて、天秤のようにバランスを取る仕草をした。

「『悪い記憶』を消すには、同じだけの『良い記憶』も消さなければなりません」

紗耶香には車掌が何を言いたいのかわからない。さらなる説明を求めると、たとえば……と、少し間を開けてから話した。

「紗耶香さんのご希望通り、二十四日の記憶をすべて消したとします。この場合、丸一日分になりますから、記憶はかなりの重さになります。そして丸一日分の記憶を消すには、相応の良い記憶を消さなければなりません。些細《ささい》な……たとえば、落し物が見つかったとか、購入しようとしたものが値引きされていたとか、そういったものをいくつか組み合わせた程度では、丸一日分の記憶と同等とはなりません」

「そうそう。自動販売機のつり銭のところに十円玉があったとかってのもダメだぞ」

「テオ。そんなにけち臭い例をあげないでください」

「そうか？　値引きとあんまり違わないと思うけどな」

そうですか？　と車掌は少しショックを受けたようにうつむいた。

たとえはセコイが、理解はしやすい。小さな良い記憶をかき集めたところで、二十四日の記憶をすべて消すのは難しいということなのだろう。

「ご理解いただけたでしょうか？」

「はい。でも、消して欲しいです。だって私、あの日、あのあともずっと、悪いことばかり続いたんですから」

「ずっと？　夜までですか？」

「はい」

車掌は深呼吸をするように、一度大きく息を吸った。

「わかりました。それではすべて、お聞かせください。そしてやっぱり、消したいと思われるのであれば、そのときは紗耶香さんのご希望を叶えたいと思います。――何があっても」

何があっても？

最後に付け加えられた車掌の声は、胸の奥を突き刺すような鋭さがあった。日常生活に必要な知識や常識は別として、思い出の類を失うと、そんなに困ることなのだろうか。

悪い記憶を消すと、どうなるというのだろう。悪い記憶を消せば、また前向きに生きていけるのではないかと思っていたが、違うのだろうか。

黙っている車掌を見ていると、紗耶香は自分の決断が正しいのか自信が揺らぐ。

フッと空気を柔らかくするように、車掌が笑った。

「少し気分を変えましょうか」

窓でも開けるのか、音楽でも流すのだろうかと思ったが、車掌は紗耶香の予想とは違う行動をする。乗降口から顔を出して、左右を確認した。

「発車します」

ホームにピーと笛の音が響き、車掌がドアを閉める。

ゆっくりと列車が動き始めると、テオが座席をポンポンと手で叩いた。

「紗耶香も座れよ。怪我人だからな。これからちょっと揺れるし」

ナンパのような誘い方だが、気づかってくれているらしい。

「そんなに揺れるんですか？　そういえばこの電車の運転……レールも……」

「見ていればわかる」

答えがわからないまま、列車は加速する。

ガタンガタンと左右に揺れ、座席から体に振動が伝わってくる。さらに車体の前方部分が浮き上がる。上昇を始めた。

「え？　嘘でしょ？」

焦る紗耶香をよそに、テオはニヤニヤしていた。

「レールがないんだから、飛ぶしかないだろ」

「レールがないのに動くなんて、おかしいじゃない！」

「驚くのがそこかよ！」

テオは「毎回毎回、違う反応するヤツが来るな」とボヤいた。

状況的に、これがおかしいことくらい紗耶香もわかっている。もしかしたら、自分が眠り続けている間の夢なのではないのかとも思う。だけど手足を動かすとズキズキ痛む。この痛みまでも夢とは思えない。

空へ向かっていくときのふわっと浮き上がる感じは、旅行が始まる前の日常からの開放感と似ていた。

「高いところは嫌いじゃないんです」

窓の外を見ていた車掌が、紗耶香が座る席へやってきた。

「テオ、車両前方の窓を拭いてください」

「はあ？　どうしてだよ」

「汚れていますから」

「なんで、俺さまが？」

車掌は若干、芝居じみた仕草で顎に手をあて、はあー、と大げさなため息をついた。

「あの汚れはチョコレートです」

「え、でも、俺さまが汚したとは……」

抵抗の声は、尻すぼみに小さくなる。

車掌は視線だけを前方部分に向けた。

「最近、あの場所にお座りになったお客様はいません」

テオは何か言おうとしたのか口を開いたが、結局何も言わずに指示された方へ行った。

「さて、これで静かに話ができます」

どうやらテオは、追いはらわれたらしい。

「それで、会社の倒産を知ったあとはどうされたんですか？」

「えっと……とりあえず、直属の上司に、自宅待機を指示されました。上司も会社に雇われている人ですから、それ以外言いようがなかったのだと思いますけど」

帰宅のため電車に乗る瞬間は怖いとは思ったが、ラッシュ時間は過ぎていて、混雑していなかった。この先の仕事について悩んでいたこともあったせいか、痴漢のことはあまり考えずにすんだ。

「帰ったらアパートが燃えていました」

車掌は驚きの声を抑えるためか、口元に手をあてた。

「消火作業はほぼ終えていましたが、まだ周囲には燃えた臭いと、消防や警察車両もいて……」

幸い、住人はすべて外出中。周辺の住宅にも延焼しなかったため、怪我人はいなかった。だがアパートはほぼ全焼。とても人が住める状態ではなかった。

住人が不在だったこともあり、現場検証をしなければ火災の原因はわからないと言われた。

「行き場がなかったので、夜に約束していた、恋人に連絡したんです。彼はまだ、仕事中でしたが、私が連絡して数十分後には返信してくれました」

さすがにこの辺りになると、車掌も何かあるだろうと身構えているらしい。口を挟まず、紗耶香の言葉を待っている。

「正直なところ、仕事も住む場所も失って、クリスマスどころではなかったので、当面の間、彼の場所に泊めてもらえないかと頼むつもりでした。私の実家は遠いですし、会社とも今後の話をしなければと思っていたので、できれば都内にいたかったというのもあります。でも——そこで彼から、別れたいと言われました。嫌いじゃないけど、好きじゃなくなったと」

「それは……」

車掌はそれ以上何も言わなかった。言いようがなかったのだろう。

だが慰めも、気づかいも、同情も、全部いらない。

「四年近く付き合っていたので、さすがに彼も、泊まる場所がなければ、自分が他の場所に泊まるから、一、二泊部屋を使っても良いと言ってくれましたが、迷惑なのはわかっていましたし、それもみじめだったので断りました」

「他に行く当てはあったのですか？　ご友人なり、同僚なり」

「同僚はさすがに無理です。みんな、それどころではないですから」

「……そうですね」

「普段なら頼れそうな友人も、最近出産したとか、海外出張中とか、二十四日に初めてデートをするという人とかで、とても声はかけられませんでした。なので、とりあえずホテルを探しました」

とはいえ二十四日の夜だ。空室はいつもより少ない。手ごろな価格の宿は、軒並み空いてなかった。住む場所もなく、仕事も失った紗耶香には、先々のことを考えると贅沢《ぜいたく》は許されなかった。

通勤用の定期券で移動し、さらにいくつかのホテルをあたってみたが、どこもいっぱいだった。

「大きなイベントがあったのか、女性用のカプセルホテルも満室で……」

「それでも、探せばあったのでは?」

「はい、そうだと思います。ただもう、朝からいろいろあったので、クタクタでそんな気力もなくて」

いつの間にか冷たい雨が降っていた。ショックと疲れから、頭はぼんやりするし指も震える。

やがて雨脚はどんどん強くなり、紗耶香はびしょ濡れになった。

「ちょうどそのとき、道路の向かい側のビルの二階に、漫画喫茶を見つけたんです。窮屈だけど値段も手ごろだし、とにかくもう休みたくて」

平静ではなかった。いつもより注意力が散漫になっていた。明かりに引き寄せられる虫のように、紗耶香はそこへ走った。

「私の不注意です。信号もない場所で横断しようとしたら、自動車にはねられました。そのときの怪我がこれです」

紗耶香はコートを脱いで、包帯が巻かれた腕と膝を車掌に見せた。

「大丈夫……ではないですね」

「さっき退院したところです。救急車で運ばれて……でもそのおかげで、泊まる場所は探さずにすみました」

それまで無表情だった車掌の眉間に、しわが寄った。

「冗談ですよ」

「笑えません。入院されるほどの怪我をされたのですから」

「怪我に関しては、もう少し早く退院できました。ただ、行き場がないことを説明したら、ベッドも空いていたので、若干長めに置いてもらったという感じです。完治はしていませんが、後遺症もないだろうと言われているので、たいしたことはありません」

「そういう問題ではありません」

車内の温度が三度くらい下がった……気がした。そのくらい、車掌の声はひんやりとしていた。

「後遺症がないことは良かったですが、事故はほんのわずかな差で、命を落としていても不思議ではありません。十秒……いや、一秒タイミングがずれただけでも、生死を分けることもあります」

「大げさな……」

「いえ、そういったことは常に自分のそばにあるのです。信号が点滅したときに走るか止まるかの選択、誰かとぶつかったことで謝罪のために時間をとる、もっといえば、ハンカチを落としてそれを拾おうとする。そんな一瞬が運命をわけるのです。ですので、大怪我でなかったことは結果論です。軽く考えてはならない」

車掌は紗耶香を見ているが、紗耶香を通してその向こうにいる誰かに語り掛けているようだ。だがそれが誰なのかは、紗耶香にはわからないし、それ以上踏み込んではいけないような気がした。

紗耶香は、はい、と返事をして話を戻した。

「病院で一通りの検査が終わると、いつの間にか眠っていました。目が覚めたときには日付は変わっていましたから、二十四日の記憶はここまでです」

「そうですか。本当に災難が続いていますね。それも勤め先の倒産や火事、そして交通事故に関しては、人生で一度も経験しない人も珍しくはないことですし」

車掌の言う通りだ。痴漢は……路線や人によっては、複数回経験する人もいるかもしれない。失恋だって、そう珍しい話でない。紗耶香にしても、これが初めての失恋ではなかった。もっとも、誕生日のクリスマスイブにフラれた人は、全国的には少ないだろうけれど。

「ここまで聞いても、車掌さんは記憶をすべて消す必要はないと思いますか？」

「それは私にはわかりかねます」

「どうして？」

車掌はゆっくりと背もたれに身体をあずけて微笑んだ。

こんな至近距離で自分だけに笑顔を見せられるとドキッとした。ただその笑みが、あまりにも端正で現実感がない。手を伸ばせば届く場所にいるのに、スクリーンの向こうにいる人のように感じる。

ああ、車掌《このひと》は、生きている感じがしないんだ、と思った。紗耶香と会話をし、テオをいさめる姿は人間そのものなのに、紗耶香側の人には感じられなかった。

その理由が、この不思議な空間のせいなのか、それとも車掌自身に何かがあるのかまでは、紗耶香にはわからなかった。

「それを決めるのは私ではありません」

「なぜ?」

「同じことを経験しても、人によって受ける不快感は異なります。たとえば、金銭的に余裕があり、就いていた仕事にこだわりがない人なら、突然会社が倒産しても、大きな問題はないかもしれません。ですが生活に困窮している、もしくは現在就業している仕事に熱意を傾けている場合、失ったときは大きなショックを受けるでしょう」

「それは……」

「同様に火事にしても、賃貸か持ち家か、また家財道具などに対する思い入れ、住居を失ったあとに住む場所の確保など、個々の事情によって、ショックの度合いは変わると思われます。もちろんどのケースも、痛みを感じないわけではありませんが、人生に占める重要度は違うはずです。となると、他人が当事者のショックを正確にはかることは無理な話です」

早口ではないが、流れるように話す車掌の言葉は、するすると耳に入る。

反論は一つもない。すべて「二十四日の出来事」とひとくくりにしたが、一つ一つを見ていくと、ショックの度合いが同じかと言えば、違う。

「そうですね。でも――」

「出来事をバラバラにするには、時間が連続しているから難しい、ですか？」

「え？」

不敵な笑みではないが、さっきまでのさわやかそうな表情とは違う。まるで、紗耶香の心の内を読んだかのような様子に、少しばかり背筋がゾワッとした。

「……そうです」

それもわかっている、とばかりに車掌は深くうなずいた。

「おーい、掃除終わったぞ」

テオがわざとらしく、足音を立てて近づいてきた。いかにも掃除を頑張ってきましたといった雰囲気を装っているが、紗耶香が座っていた場所から、しっかりテオの姿は見えていた。それほど、熱心ではなかった。

車掌は見なくてもわかっているのか、はい、と短く返した。

テオがピョンッと跳ねて、車掌の隣に座る。足が床に届かない。プラプラと足を振りながら、チョコレートが入っている箱の蓋を開けた。

「また汚さないでくださいね」

「わかってるって。で、やっぱり二十四日の記憶を全部消すのか？」

「それはまだ。何がベストなのか、彼女に見てもらってから決めてもらおうかと思います」

「だな。じゃあ、そろそろ着くのか？」

「そういうことです」

「着くってどこにですか？」

箱の中から一つ、チョコレートをつまみ上げたテオは、ペロリと舌を出した。

「慌てるな。今にわかる」

テオの言葉を合図にしたかのように、安定して飛行していた列車が激しく揺れ始める。落ちている。いや、下降しているようだが、飛行機の着陸が近づくときより、恐怖を感じた。

「墜落するの？」

「ご安心ください。通常運行です」

列車は落下しているかと思うくらい揺れている。だが車掌もテオも平然としていた。

やがて、激しい衝撃とともに電車は停止する。車掌がドアを開けた。

「到着いたしました」

「……ここは?」

「二十四日の記憶を消した場合、です」

ドアの向こうは、一メートル先も見えないほど、濃い霧に覆われていた。車内もあっという間に白く濁る。車掌とテオの気配は感じるが、姿が見えない。

不安になっているとテオの声がした。

「平気だ。まあ、見てろって」

その言葉通り、しばらくすると霧が晴れた。

※

パンプスの踵《かかと》を鳴らして紗耶香は走っていた。前に勤めていた会社より、始業が三十分早い。毎朝もう少し余裕をもって家を出たいが、残業続きで疲れた身体には難しい。新しく引っ越したアパートは家賃重視で選んだこともあり、以前の場所よりも都心まで遠く、しかも最寄り駅までも距離がある。もう少し考えてから借りれば良かったと、住み始めて三日で後悔したが、あのときはただ焦るばかりだった。

「あー、間に合った」

電車が滑り込んでくるのと同時に、紗耶香はホームに着いた。

通勤電車に乗り込む人たちは、無表情の人が多いと紗耶香は思っている。そうでなければ、何か怒りを抱えているかだ。

人間の重量以上に重い空気の満員電車は不快の塊で、エアコンがついていても、触れ合う肌が体温を上げる。首筋にかかる後ろに立つ人の息が生温かい。仕方がないことだと思っていても、嫌なことには変わりはない。

ギリギリで電車に乗ったせいで、今日はドアの前に立っていた。後ろからグイグイ押されると、身体がドアにぶつかって痛い。紗耶香の後ろに立つ男性と密着している。こんな日に限って、普段より短いスカートをはいてきたことを後悔していた。

職場まであと一駅のところで、電車が大きく揺れる。不意にスカートの尻の部分に、何かが触れた、ような気がする。

——わざと？

いや、きっと勘違いだ。紗耶香に触れている手は動いていない。だけど……気持ち悪い。

どうしよう。そう思っている間に、最寄り駅に到着した。急いで降りる。幸い、後ろにいた男性との間に、別の女性が入る形でエスカレーターに乗った。

やっぱり気のせいだった。自分が狙われるわけはない。これまでずっと、何ごともなかったのだから、これからだってないだろう。

大学卒業後勤めていた会社は、何度か倒産の噂《うわさ》があった。失業する前に転職しようと求人サイトで見つけた会社は、世に言うブラック企業だった。

大学で歴史を専攻した紗耶香は、一般企業ですぐに使える知識はない。結局、前職で経験した経理を選んだ。

「おはようございます」

入り口の一番近くの席に座る。上司はすでに着席していて、紗耶香に気づくと「橋爪！」と叫んだ。

「はい」

慌てて上司の側へ行く。五十代の上司は、不機嫌そうな顔で紗耶香を手招きしていた。

「何でしょうか？」

「何でしょうか？　じゃねーよ！　オマエさ、作っておけって言った資料、どうなってる？　今朝までに俺の机に置いておくはずだろ」

「今朝……ですか」

心当たりはまったくない。が、入社して一ヵ月。短い期間だが、この上司の言動は十分わかっている。何も聞いていないが、言い返したら長くなるだけだ。

「できてないとは言わないよな？」

この上司の理不尽さに辟易《へきえき》しているのは紗耶香だけではないが、先輩たちが助けてくれるわけでもない。巻き込まれるのは誰だって嫌だ。みんな、自分のもとに火の粉が飛んでこないようにとうつむくだけだった。

「申し訳ありません。今すぐ用意します」

「ったく、トシくっているわりには、使えないやつだな」

今のご時世、パワハラで訴えれば勝てるかもしれない。日常茶飯事なだけに、証拠を残すことも難しくはないだろう。だけど、ここで勝負に勝ったとしても、また職探しになる。面倒くさいという気持ちの方が先だって紗耶香は黙って自分の席へ戻った。

なぜ自分はこんな場所で仕事をしているのだろう。

求人票に記載されていた条件は良かったはずなのに、どうして今、安い給料で罵倒されながら働いているのだろう。

もっと考えれば良かった、と思う。仮に会社が倒産しても失業保険はもらえたはずだし、数ヵ月くらいの生活費はあった。だけど、なぜかすぐに仕事を決めなければならないと思ってしまった。

隣の席の人にも気づかれないくらい小さなため息をつきながら、紗耶香はパソコンのキーボードの上に指を置いた。

会社を出ると、大学時代の友人から連絡が入っていることに気づいた。何？　とメッセージを送ると、すぐに電話がかかってきた。

『引っ越したって聞いていたから、そろそろ落ち着いたかと思って』

「わざわざありがとう。まあ、何とか、かな」

友人は産休中で生後一ヵ月半の子どもを育てている。忙しい中、連絡してきてくれたらしい。

『最近どう？』

「あー、仕事変えた。条件だけで決めたから、早くも後悔しているけど」

『大変そうだね。じゃあ会社を変えたから引っ越したの？』

「そういうわけじゃないんだけど……」

あれ？　と紗耶香は思った。なぜ引っ越そうと思ったのか思い出せない。学生時代から住んでいたから、気分転換をしたかったような気もするが、今にして思うとこれも失敗だった。

『恋愛系はどうなの？』

「ぜーんぜん。誰かいない？」

『残念ながら、紹介できそうな人はもういないよ。良い感じの人は、だいたい相手がいるから』

三十近くなれば、それはそうだろう。「良い人」は、誰が見ても「良い人」で、誰だって手放すわけがない。

「私にはどうして恋人ができないんだろうね」

『んー……出会いがないとか？』

母親になったせいだろうか。友人は学生時代よりも当たりが柔らかくなった。だが、学生のころに言われたことは、今でも覚えている。

紗耶香は男性との距離感に難点がある、らしい。

『紗耶香は学生のときから、恋愛にハマらないからね』

「どういうこと？」

『ハマった方が良いわけじゃないけど、相手にしたら手ごたえがないんじゃないかな、って思うだけ。甘え下手っていうか、欲がないっていうか』

「そうかなあ……。会社のある日は、朝寝ていたいって思うよ」

茶化してみたが、電話の向こうからは呆れたような「あのねえ」という声が聞こえてきた。

友人が言いたいことはわかる。でも相手に期待すると裏切られたときが怖い。だからいつも、距離を取ってしまう。

ただ、どうすれば良かったのかは、過去の恋愛を振り返ってもわからない。

何が食べたい？　どこへ行きたい？　誕生日は？　クリスマスは？

付き合うなかで、いくつもの相手の好意を「何でもいいよ」で済ませたことがあった。紗耶香にしてみれば、負担になりたくないという思いだったが、相手からすると、毎回それでは物足りないと思われていたのかもしれない。

「今度、飲みながら恋愛と結婚について伝授して」

『子育て中の私には、そんな時間の余裕はございません』

ツレナイ返事だが、友人が乳児の世話に追われていることは知っている。たまに更新されるＳＮＳからは、幸せと、大変そうな様子が、半々くらいでつづられていた。

「独り身には沁《し》みるわ」

『次に恋愛するときは、もう少し素直になってみたら？　頼ってもらえないのは、男性女性に限らず寂しいと思うよ』

「素直かあ。……無理だと思う」

『結論、早っ！』

まあ良いけど、と友人は笑いながら電話を切った。

同性同士ならこの距離感でも問題はない。むしろ大人になるにつれて、上手くいっていると思う。でも恋愛感情が入ると難しい。

ただ、自分を偽っても続かないだろう。素直になるのも、甘えるのも苦手だ。誰かに頼るよりも、自分で解決した方が簡単な気がする。これまでだってそうやってきた。辛いことがあっても、自分でどうにか乗り越えてきた。

真っ暗な道路に信号が光る。歩行者信号のススメの表示が点滅を始めていた。

「行けるかな」

紗耶香は走り出した。

突如、キキーッとタイヤのスリップ音が響く。左折車が紗耶香の三十センチほどのところで止まっていた。

「す、すみません」

紗耶香が後ずさると車は走って行った。赤信号を見つめながら、ホッと息をついた。

あと一秒違えば車とぶつかっていた。

「気をつけないと……」

でも自分は運が良い。これまでだって大丈夫だったのだから、これからも大丈夫、と紗耶香は考えていた。

※

列車のドアが閉まると、それまで感じていた風や匂いが消える。閉鎖的な空間に戻った。

現実ではないのに、体感していたかのようにリアルだった。映画を見るように座っていただけなのに、紗耶香の意識は完全に「なかった」世界へ飛んでいた。

「形のある……夢？」

瞼を伏せた車掌が、声には出さずに「形のある、夢」と唇を動かす。その横顔には、この世の人ではない美しさがあった。

もしかしたら、人間に見えている車掌も仮の姿なのかもしれない。テオのように不思議な動物がいるのだから、何があってもおかしくはない。この列車こそが、形のある夢かもしれない、とすら思える。

紗耶香は手を伸ばして車掌の腕をつかんだ。車掌は確かにここにいる。少なくとも、長袖の制服の下には腕がある。

車掌は瞼をひらいた。

「どうかされましたか？」

もし夢ならば、覚めてしまえば終わってしまう。まだこの列車に乗っていたい紗耶香はそれを語ることはできない。何でもない、と答えた。

「二十四日ですが……火事に関しては、紗耶香さんの不注意ではありませんし、在宅中のことではないですので、忘れたところで大きな問題はないと思います。逆に忘れなかったとしても、大きな問題はないかもしれません。ですがその他のことに関しては、大なり小なり、ご自身で引き寄せているような気がいたします」

車掌の話し方は、書かれている文字を読み上げているように淡々としている。だから叱られているとは感じなかったが、紗耶香のマイナスの部分を指摘していることは確かだった。

「恋人との関係は、相性もあると思いますけど」

「否定はいたしません」

「でも私の場合は、違うっておっしゃりたいみたいですよね？」

「そうではありません。ですが今見た〝もしも二十四日の記憶を消したら〟は、忘れたあとの紗耶香さんの姿です」

「それが？」

「一般論としてお聞きいただきたいのですが……、よほど手痛い思いをしなければ、人の好みはそうそう変わらないのではないかと思います。つまり」

「忘れてしまえば、何度も同じような理由でまた別れる、ということですか？」

あくまでも可能性の話です、と車掌はやはり、淡々とした口調で言った。

納得はしたくないが、これまで付き合った相手を思い浮かべると、確かに……と思うところはある。

付き合い始めは順調だ。だけど、本性を隠したままではいつまでも距離感が変わらない。『知り合い』ならその方が上手くいくかもしれないが、恋人となると、それでは長く続かない。そしてすでに出来上がっている関係性を崩すくらいなら、別れを選択しているような気がした。別れ際に涙はあっても、もめてトラブルになるようなことはなかったのがその証拠だ。

「だけど、あの日に別れ話をしなくても良いのに」

「そうですね。痴漢や火事、倒産に関しては、元交際相手には関係はありませんが、紗耶香さんの誕生日でクリスマスイブだということは、ご存じだったはずですから。そんな日に、別れを告げられて平常心でいられる人は、ほとんどいないでしょう。逆に平常心でいられたのなら、それはもう、一緒にいる意味はなかったのかもしれません」

「イベント恋人ってことですか?」

「さあ、私にはそこまでわかりかねます。とはいえ、一人でいる方が寂しいから、恋愛感情が薄れても一緒にいる、という人は――」

「いますね」

紗耶香の周囲にも、クリスマスが近くなるから恋人が欲しい、という友人がいた。カップルがまぶしく見えるらしい。紗耶香にもその気持ちがなかったかと問われたら答えに詰まる。あの日は、すれ違うカップルが羨ましかった。自分がみじめで、世界一不幸だと思えた。

がして」

「一人でいると、誰も自分のことなんて気にしていないんだって、言われているような気がして」

車掌は小首をかしげた。

「そうですか？　それほど想いがない相手と一緒にいることの方が、寂しいような気がしますが」

「一人よりも寂しい？」

「自分の貴重な時間を、他人に使うのです。それほどでもない人に、大切な時間をわけるのは、もったいないかと。もちろん自分の時間も気持ちも、共有したいと思う相手であれば別です」

「車掌さんには、そういう人がいるんですか？　自分の時間も気持ちも共有したい人が」

「え？」

車掌は紗耶香と話しているのに、どこか別のところを見ていた。だから特定の誰かのことを思い浮かべていると思った。でも車掌にはそんな意識はなかったのか、口を「え」の形にしたまま固まっている。

急激に天候が変化する。窓の外が暗くなる。壁に取り付けられているランプがチカチカする。列車は突然乱気流に巻き込まれたのか、激しく揺れ始めた。

座っていることすら難しい。座席にはつかまるところがない。落下する恐怖はイコール死への恐怖でもあった。

「突然どうしたの？　何があったの？　落ちるの？」

「うるさい。ちょっと黙ってろ！」

テオも慌てている。このときばかりは、テオのぞんざいな口調も気にならなかった。何とかして！　という思いしか、紗耶香にはなかった。

テオが車掌に飛びつく。耳元で叫んだ。

――……の代わりに、あなたが覚えていて。

紗耶香には意味がわからない。だがたったそれだけで、それまで凍っていた車掌の表情が、熱湯でも浴びせられたように溶ける。

まず目に光が戻った。次に腕が動いた。最後に口が開いた。

「テオ、どうかしましたか？」

「……別に」

テオはやや不機嫌そうだが、説明するつもりはないらしい。

いつのまにか列車は安定し、窓の外も明るくなっている。車掌だけの時間が、数分間止まっていて、再び動き出したようだった。

「記憶を消した場合のデメリットをご説明しましたよね」

さっきのことは気になるが、テオが紗耶香をにらんでいる。どうやら触れてはならないらしい。あんな恐ろしいことになるくらいなら、紗耶香もおとなしくするほかはなかった。

「悪い記憶を消すと、良い記憶も消える、ですよね」

「はい。二十四日は本当に、悪いことばかりだったのですか？　何も良いことはなかったのですか？」

「それは……」

あったといえばあった。ただそれは「悪いことがあった」から「良いことがあった」のだ。

アパートの火事のときも、大家は対応に追われていたが、近所の顔見知りの人が気づかってくれた。なかには一泊くらいなら……と、声をかけてくれる人もいた。その時点では恋人のところへ行こうと考えていたから断ったが、それほど親しい間柄ではなかったのに、と思う。会社の倒産も、上司だって自分のことで手一杯なはずだが、部下たちを慰めつつ、経営者に連絡を取ろうとしていた。事故の加害者は、翌日には病院へ謝罪に訪れた。病院のスタッフも、年末年始で人手の少ないなか、紗耶香の境遇を考慮し、入院期間を延ばしてくれた。

「悪い思い出ばかりではないですけど……」

元カレとも、楽しい思い出はたくさんある。ただ、最後のインパクトが強烈だった。

「二十四日の記憶をすべて消すとなると、その日あった良かった記憶を消すことだけでは帳消しにはなりません。他の……紗耶香さんの中で、今でも残る大きな記憶を消さなければなりません」

「今でも残る大きな記憶……ですか」

それであれば二つある。

一つ目は大学受験のときのことだ。紗耶香は兄と弟に挟まれた中間子。しかも女子だ。元号が変わっても、昭和を色濃く残す地域で生まれ育ったこともあり、わりといつも「我慢」をさせられることが多かった。

進学もその傾向が強かったが、兄弟の中で一番勉強ができたため、親も強く止められなかったのだろう。ただし受験のチャンスは一度だけ。希望した専攻が歴史とあって就職に結びつきにくいというイメージも、渋られた理由かもしれない。でも合格すれば、家を出ることを許された。だから紗耶香は必死で勉強した。合格発表のとき、自分の受験番号を見つけた瞬間泣いた。あれは「良かった」記憶だ。

二つ目は中学生のときのことだ。紗耶香は陸上部に所属していた。全国に名が知れるような選手ではなかったが、三年生のとき千五百メートルで地区予選を勝ち上がり、県大会に出場した。そのときの紗耶香の自己ベストは四分五十六秒。決勝に残るのはギリギリのラインだった。だけど体調も精神状態も気候も、すべての歯車が上手くかみ合い、紗耶香はベストを更新して決勝へ進み、結果四位に入った。

残念ながらそこで紗耶香の大会は終わったが、今でもあのときの、手足に羽が生えたように軽く、駆けた感覚は記憶している。

他人からすれば些細な出来事だ。あってもなくても困らない。

でも、紗耶香の中では大切な思い出だ。辛いことがあると、あのときのことを思い出して頑張ってきた。

「決めるのは紗耶香さんです。所詮、記憶なんてものは……夢みたいなものですから」

「夢？」

「夢は見ていたことを自覚していても、目が覚めた瞬間にその内容を忘れてしまうことがありますよね？　それを覚えているかいないかは、個人の問題であって、他人が関与することではありません」

自分の記憶は自分のもの。手放すのもとどめておくのも自分次第。他人には何の関係も──。

「……あ！」

「どうかされましたか？」

紗耶香は過去の記憶まで消えても、二十四日の記憶をすべて消したい、と思っていた。ただ大切な記憶は、この二つではないことに気づいた。

「いえ……でも……」

この期に及んで、紗耶香の心が揺れ動く。

「結論を出すにはもう少し時間がかかりそうですね」

車掌が腕時計に視線を落とす。

「まだ時間もありますし、出発してみますか。別の場所に」

「別？」

「悩まれているようですから、記憶を消さない場合も見てみたらいかがですか？　結論はそれから出しても良いでしょう」

「消さなかったものを見て、意味があるんですか？」

車掌はそれに答えないまま笛を吹く。列車は再び上昇を始める。

ドアが開き、再び車内に霧が押し寄せると、視界はゼロになった。

「ねえ……」

「なんだよ」

テオが応えてくれた。

「ここを突き進んだらどうなるの？」

「ずっと、夢から覚めない」

「本当に？　じゃあ、これはやっぱり夢なの？」

「どうかな。それは列車を降りたときにわかる」

過去に紗耶香と同じ質問をした人がいるのだろうか。テオにもっと訊ねようとしたが、遮られる形で「おとなしく待ってろよ」と言われた。

その先へ行ったらどうなるのか。

知ってはいけないことだと思った紗耶香はテオの言葉に従い、霧が晴れるのを待った。

※

紗耶香は険しい顔で駅の前に立っていた。出社を憂鬱と思うことはあっても、着替えて駅へ来てしまえば諦めがつく。

だけど今、足は止まっていた。

走り出す電車の音が襲い掛かって来るように感じる。もちろんそんなことがあるわけはない。だけど怖い。

理由はわかっている。誕生日でもあり、クリスマスイブの日に、電車の中で痴漢にあったからだ。紗耶香に痴漢した犯人には、一度は捕まえたものの逃げられた。もっとも、一人が捕まったところで、この犯罪がなくなるわけではない。

時間をずらして早朝に出社すれば、電車はすいている。すいていれば、痴漢にあう確率も減る。だが今勤めている会社は、今までより通勤距離が伸びたこともあり、これ以上早くに家を出るのは体力的に厳しい。紗耶香は意を決し、改札口を通った。

人の流れが怖い。前を歩くドット柄のネクタイを締めている人も、デニムパンツをはいている学生風の人も、帽子をかぶってイヤホンをしている人も、すべてが怪しく見えてしまう。もちろん、痴漢行為をする人はごく少数だ。そんなことはわかっていても、電車内では男性には近づきたくない。

紗耶香は満員の電車内で、ずっと全身に力を入れたまま、浅い呼吸を繰り返していた。頭がクラクラする。熱くないはずなのに汗が出てくる。逃げたい。でも働かなくてはならない。

紗耶香は必死に耐えて、最寄り駅で電車を降りた。

毎朝この電車に乗っているだけで疲弊してしまう。ギリギリまで電車に乗るのをためらうから、駅を出てから会社までも、急がなければ間に合わない。

赤信号を待つのももどかしいが、青に変わってもすぐには飛び出さない。紗耶香は周りを見ながら再び速足で歩く。

会社についてホッと息をつくと、さっそく呼ばれた。

「橋爪さん。昨日頼んでいた資料、どうなっている?」

「あと三十分ほど時間をいただけますか」

「進捗状況を確認しただけだから、午前中に終わらせてくれれば良いよ」

ありがとうございます、と返事をして、キーボードの上の指を動かす。

失業保険が切れるギリギリまで仕事が決まらずに焦ったが、前職と職種も待遇面も大きく変わらずに済んだ。急いで条件の悪い会社へ行かなくて良かった。職場は遠くなったが、引っ越した先のアパートは広く、新しくなった。

隣の席に座る、一歳年下の女性の先輩が、声を潜めて話しかけてくる。

「急だけど、明日、どう?」

親指と人差し指を広げて、オチョコで飲むような仕草をする。

昭和のオヤジか! とツッコみたくなるが、本当に日本酒が好きな人なのだ。

「んー……」

誘ってくれるときはいつも、そんなに高い店ではない。とはいえ出費がかさむことには違いない。

「良い店を見つけたってのと、橋爪さんと話してみたいって言っている人もいるんだよねー。上の階の男性で」

「え?」

「結構、強いよー」

彼女が言う「強い」は、アルコールのことだろう。

「もしかして、前に言っていたワイン好きの人ですか？」

「そうそう。酔うと若干、ワインのうんちくがウザいかもしれないけど、仕事はできるし良い人だよ。まあ、飲み仲間が増える程度に考えてくれればいいから」

紗耶香はまだ、恋愛をしたいと思う気分にまではならない。ただ、色々な人と話してみたいとは思っていた。

「参加します」

「りょうかーい。じゃああとで場所とメンバーを送るね」

ありがとうございます、と言って、ディスプレイに向き直った。

これでしばらく昼食は外食ではなく弁当を作ってこよう。これからは、少しくらい料理を覚えていきたい。

良いことばかりではない。でも悪いことばかりでもない。以前と少しずつ違う自分を感じながら、紗耶香は顔を上げた。

※

「消さないことにします」

元に戻った車内には、記憶の余韻はもう消えていた。車掌とテオと紗耶香がいるだけの列車に戻っている。

だけど紗耶香の頭の中には、さっきまで見ていた光景が力を与えてくれた。忘れなくても大丈夫。今は辛いけど、覚えているからこそ前に進めることもある。そんな風に思えた。

だがなぜか車掌の表情がさえない。険しい顔で、ジッと紗耶香を見ていた。

「……なんですか?」

「本当にそれで良いのですか?」

紗耶香には、車掌がそう訊ねている理由がわからない。ただ「消さないことにする」という決断を、良しとは思っていないことだけは理解できた。

「何か問題でも?」

「記憶の中に、あってはならないものが存在します」

怒りを含んでいる声だった。だけどそれは、燃え盛る炎のような怒りではなく、ドライアイスのように触れたら火傷《やけど》しそうな、氷点下の怒りの声だった。

「どういうことですか?」

「一方的に受けた被害など、我慢する必要はないと言っているのです。紗耶香さんが二十四日の最初に受けた〝嫌な記憶〟。あれは有害なものでしかありません。あなたには何の過失もない。何一つ非はないのです。ですから、あれはあってはならない記憶です」

確かにあれ以来、紗耶香は電車に乗ることが怖くなった。今はかなり特殊な状況で、しかもテオと車掌しかいないから気にならないが、日常生活に戻れば――記憶を消さなかった場合の紗耶香は、電車が怖かった。恐ろしかった。

「でもあの記憶を消すと――」

「ええ、紗耶香さんを助けた人のことは忘れます」

「あれは消したくない、三つ目の記憶です」

車掌は気づいていたらしく「そう言うと思いました」と顎を引いた。

「名前も知らない人です。混乱していましたし、今となっては顔もあやふやです。だからこそ、あのときの出来事を私が覚えていなければ、男性の善意はなかったことになってしまいます。周囲の人にとっては、取るに足らない日常の一コマで忘れていると思います。もしかしたら逃げおおせた痴漢だって……」

「そうかもしれません」

「だったら、私は忘れてはいけないと思います」

「そうでしょうか？　私はそうは思いません」

「どうしてですか？」

「紗耶香さんが忘れたくないと思っている人は、紗耶香さんを助けたい……完全ではないにしろ助けた人です。その彼が望んでいたのは、自分を覚えていることではなく、あなたが助かることではないのですか?」

紗耶香が答えられずにいると、コートのポケットの中でスマホが鳴った。一気に現実に戻された。

「ここ、電波入るんですか?」

テオが呆れた。

「当然だ。それより、やかましいからさっさと出ろ」

液晶画面には、元の職場の上司の名前が表示されていた。

「もしもし?」

『橋爪さん? 新年明けましても……めでたくないよね。最悪な年末だったでしょ』

「はい」

紗耶香は即答した。もちろん紗耶香にとっては、会社の倒産以外もあったからだ。

『そうだよね。不安なまま年を越させて申し訳なかったと思っている。本当はもっと早く連絡したかったんだけど、なにせ年末はどこも機能しないから。それで急で申し訳ないんだけど、明日から再就職先のあっせんを始めるから、都合がついたら来て欲しいんだ』

「再就職、ですか?」

『そう。もちろん、希望に沿う場所があるかはわからないけど、手を差し伸べてくれる会社もあるんだよ。それとももう、次が決まったりしている？　それであれば、こっちのことは気にしなくて良いんだけど』

世間が休みモードになっている間、この上司はいったいどう過ごしていたのだろう。上司には家族もいて、自分のことだけでも大変なのに、他人のことまで心配してくれる。感謝しかなかった。

「まだ全然決めていません。あの、ありがとうございます！」

『いやいや、力になれるかはまだわからないけどね。一筋縄ではいかないと思うし。だけど橋爪さんは若いから、時間をかけて探していけばいいと思うよ。まずはどんな会社の求人があるかだけでも確認して。詳しいことはメールで送るよ』

電話を切った紗耶香の手が震えた。

不安はあるが、一筋の光ではある。少なくとも暗闇ではない。

テオも車掌も事情を察したらしい。二人とも笑顔だった。

「良かったですね」

「はい。あっ……」

再びスマホが震える。今度はアパートの管理会社からのメールだった。

家財は保険が下り、家賃を引き落としている口座に振り込むとのことだった。他のアパートを、敷金《しききん》などの諸費用は無料で紹介するとのことだ。

「今日から入れる場所もあるって……」

必要な家財道具がすぐにそろうかはわからないが、布団があれば何とかなるだろう。

病院を出たときは、帰る場所がないと思っていたが、希望が見えてきた。

テオがニヤニヤしている。

「何ですか？」

「次は恋人から、復縁を迫る電話がくるんじゃないかと思って」

「テオ！」

「何だよー。だって、この流れだとそうなるかなと思うじゃないか」

「紗耶香さんが希望しているならともかく、そうでなければ趣味が悪いだけです。第一テオの場合、面白がっているだけでしょう？」

「そりゃ面白いんだから、しょうがない」

「人の恋愛で遊ばないで……」

不思議なくらい、紗耶香はテオの言ったことを望んでいなかった。忘れたわけでも、未練がないわけでもないが、病院で泣いて諦めている。

「もう良いです。同じ人が相手だと、記憶があってもなくても、結局また同じことを繰り返しそうなので……」

「事故のことはどうする?」

テオがチョコをまた、口に放り込んだ。三十個は入っていたが、すでに十八個しか残っていない。この調子では、すぐになくなるだろう。

「これはパクパク食べるチョコじゃないんだけど……美味しかったのね」

「お子様ですから、好物を前にすると我慢ができないんですよ」

「お子様じゃねえ!」

「そのチョコレート、事故の相手からもらったんです」

「え?」

テオの顔が引きつった。

事故は自動車と紗耶香の過失だ。暗くなっていたため、歩行者に気づくのが遅れてしまったが、紗耶香が注意していれば防げていたかもしれない。そして、相手が故意に事故を起こしたわけでないこともわかっている。

「車を運転していた人は、反省していました。何度も、何度も謝って……」

事故は恐怖だったが、どうしようもないこともあると思い始めていた。

「二十四日の記憶っていったい……」

この列車に乗るまではずっと、二十四日は悪いことしかなかったと思っていた。もちろん今でも、あの日は人生最悪の出来事が重なったと思っている。でもあの時点での人生最悪は、今では耐えられないほどではなくなっていた。

「記憶は時間とともに、変化していきます」

「じゃあこのまま耐えていれば、いつかあの電車内での記憶も変わりますか？」

「その可能性を否定することはできません。ですが変化しない記憶もあります。恨むべきは痴漢行為をした相手であって、あなたにはチリ一つほどの落ち度もない。いつか、記憶が薄れるときがくるかも知れなくとも、それまで耐え続ける必要はないのです」


——あなたは、忘れて良いのです。


車掌の声は、それまでに聞いたことがないほど優しく響いた。じんわりと胸に温かなものが広がっていく。

病院のベッドでは絶望に打ちひしがれていたが、今なら、すべてが悪いことばかりではなかったと思える。

「一位は無理でも、十一位くらいにはなったかな」

何言ってんだ？　テオはそう言いたそうな表情をしていたが、今さら説明する必要はないだろう。

十二月二十四日の占いのことだ。

「記憶は確かに変化するのかもって思ったから」

紗耶香がうなずくと、車掌が笑顔を見せる。その笑顔に見惚れている間に、列車は空へと飛び上がった。

※

振り返ることなく歩く紗耶香の歩調は、怪我の影響からまだぎこちない。だが身体の傷が癒えるころには、事態はきっと、今よりも好転しているだろう。

テオが上野駅の十八番線のホームから、列車内にいる車掌に話しかけた。

「悪い記憶を消すと良い記憶が消える。バランスはとれているけど、ちょっと寂しいな」

「助けた男性のことですか？」

「親切にされたことは、覚えていたいだろ」

「そうですね。でもそうすると、悪かった方の記憶がないことが不自然になります。今回は当然というか必然です。ですのであれは、忘れて良い記憶です」

「忘れて良い記憶、か」

「はい」

「じゃあ、忘れてはいけない記憶ってなんだ？」

「え？」

車掌の脳裏に一人の女性が通り過ぎる。

溢れるほど乗客の集まる上野駅の十八番線ホーム。そこに、笑顔で手を振って何か叫んでいる女性がいる。女性は男性の名前を――。

突然、車内のランプがチカチカした。

停止しているのに、車体が揺れ始めた。

「おい！　おい！」

テオが車掌の身体を揺すりながら叫ぶ。

「チョコをよこせ！」

風船が割れたときのように、車掌の頭の中でパチンと何かがはじける。車掌は瞬きをしてからテオを見た。

「ついに、私も恐喝するんですか？」

テオが腰に手を当ててため息をついた。

「くれるなら遠慮しない」

「そのうち食べ過ぎで、チョコのように身体が溶けますよ」

「そうなのか？」

真顔で問い詰めるテオを見ていると、車掌は思わずふき出した。

「さあ？　テオについては私にもわからないことがたくさんありますから。もしかしたら、そういうことがあるかもしれません」

「それは困る。だからといって、チョコはやめたくない。どうしよう……」

冗談で言ったつもりが、テオは真剣に悩んでいる。車掌はいつ訂正しようかと悩みながら、紗耶香のことを思い出していた。

紗耶香を見ていたら、何か大切なものが自分にもあったのではないかと思った。だけど結局、それは錯覚でしかなかったのかもしれない。

「そういえば、テオは紗耶香を十八番線に連れ込もうと、自分から声をかけていましたよね」

「人聞きの悪い言い方をするな。俺さまはチョコに目がくらんだだけだ」

「……情けないことを言わないでください」

本当にそうだろうか？

テオは一見何も考えていないようにふるまいながら、実は人をよく見ている。

ただ、テオに言ったところで素直に認めないだろう。それにチョコに目がくらんだというのも嘘ではないはずだ。

「そのうち、ショコラティエを連れ込まないでくださいね」

「なるほど、そうすれば食べ放題か。いやでも、身体が溶けたら……」

「ほどほどに」

そんなことを話しながら、車掌は列車のドアを閉めた。

四章

野《の》田《だ》　華《か》依《え》　三十三歳

すべての記憶を失ったら、私も消えるのだろうか――。

上野駅十九番線。北海道行きの新幹線を見送った野田華依は、長い上りエスカレーターに乗っていた。

いつもなら羽田空港からの帰宅だが、今日は上野駅からになる。華依の住まいからだと、空港よりも上野駅の方が便は良いため苦労はないが、新幹線に乗った恋人はこれから約八時間かけて、赴任先の北海道へ向かわなければならない。飛行機なら、八時間も乗れば、言葉も気候も違う国へ行けるだろうけど、今日は陸路を選ばざるを得なかった。

東京は乾燥する空気と青空の、定番の冬の天気だが、新千歳《しんちとせ》空港は今、大雪で滑走路が使えない。ただ当初からこうなることは、天気予報で予想できた。そして華依の恋人は、明日の朝早くから、どうしても外せない仕事があることもわかっていた。

それでも昨日、東京へやってきた。

華依のマンションに一泊し、昼食を終えたころに、予約していた北海道行きの飛行機の欠航を知った。さらにそのあとすべての便の欠航が決まった。

来週でも良かったのに。

華依がそう言うと、恋人は照れくさそうに、この日に渡したかったんだ、と笑った。

この日とは、二人が付き合って三年目の記念日だったからだ。

「女子高生じゃあるまいし……」

憎まれ口をたたいてみたものの、嬉しくないと言えば嘘になる。それに、無理をした理由は他にもある。記念日というだけで、悪天候が予想される中帰って来るほど、夢見る人ではない。

上野駅の一階へ到着し、華依は足を止めた。いつもだったら彼は、夜まで東京にいるが、今日は早く出発したため時間を持て余した。部屋の掃除は昨日の朝にした。洗濯も終わった。帰ってすることもない。上野駅近隣の博物館か美術館でも寄って帰ろうかと思うが、興味を惹かれる展示会は開催していなかった。家に帰って、ハードディスクに録りためた映画を見るか、買ったまま手を付けていない小説が何冊かあるから読んでも——と思う。でも、どれも気分ではなかった。

「どうしよう……」

華依は時間をつぶすように土産物屋を見る。最近は恋人から北海道土産をもらうが、東京に住んでいると、当然東京土産をもらうことはないから、意外と口にすることはなかった。

たまには何か買ってみようかとも思うが、華依の右手には、小さな紙袋がある。いつもならアパートにいるときにもらうが、今回は帰り際に「渡すのを忘れてた」と、さっきもらった。お土産以上に、渡したかったものがあったから、と苦笑いしていた。

彼は会うたびにお土産をくれる。小さなものだけど、毎回華依のことを考えていると言われているようで嬉しい。

「気遣いができて、人当たりが良くて、仕事もできて……」

なぜ、この人が自分の恋人なのだろう、と会うたびに思う。

もともと好意はもっていたし、告白されたときは天にも昇る気分だった。だが付き合う時間が長くなると、嬉しさよりも恐ろしさの方が大きくなっている。

頭を冷やしたくて、人の少ない場所を求めていくうちに、やがて誰も座っていないベンチにたどり着いた。恋人のいた気配が残る家に、まだ帰りたくない華依はそこに座った。紙袋から紙カップ型の容器を取り出す。蓋を開けなくても中身は知っている。最初にもらったとき、華依が美味しいと言ったから、彼はよくこれを買ってくるのだ。

乾燥イチゴをホワイトチョコレートでコーティングしてあるこの菓子は、嫌いではない。でも本音はチョコがない方が好きだ。最初に喜んだ手前、今さら言い出せないでいる。

華依はカップから一つ、チョコを取り出してかじった。

口の中にシュワッと溶けるような乾燥イチゴ独特の食感の次に、甘酸っぱさが広がる。最後にホワイトチョコレートの甘さが口の中に残るが、華依には少し甘すぎる。酸っぱさが欲しくて、食べかけた残りも口の中に放り込んだ。

カップの中には、まだたっぷり残っている。華依はため息をついた。

「……忘れるなんて無理」

『忘れさせてやるぞ』

華依のつぶやきに応えるような声がした。だが近くには誰もいない。もしかしたら悩み過ぎて幻聴が聞こえてくるようになったのか。

「気のせい……だよね？」

『気のせいだったら、誰としゃべっているつもりなんだ？』

会話になっている！

驚く華依は勢いよく立ち上がり、周囲を見回した。

「あっ……！」

カップからチョコがこぼれ、ベンチの下に転がっていった。でも拾おうと下を覗き込んでも何もない。そんなはずはないのに……と思うが、どんなに目を凝らしてもチョコは落ちていなかった。

『美味いな。もう一個欲しい』

「……なんのことですか？」

『チョコに決まっているだろ。鍵を置くから、それを使ってこっちへ来いよ』

なぜ命令されているのだろう。しかも鍵なんて……と思ったが、突如ベンチの下に鍵が現れた。

「嘘！」

『ゴチャゴチャ言わずに、その鍵を持って、すぐ近くのドアを開けてこっちに来い』

「行ったらどうなるの？」

『チョコをもらう』

「……もしかしてコレが欲しいの？」

どこに向いて話せば良いのかわからない華依は、手にしていたカップを肩の位置まで上げてみる。

『そうだ』

「これをあげたらどうなるの？」

『忘れたいことを、忘れさせてやる』

会話になってはいるが、相手の姿は見えず、声しか聞こえない。ただ、お菓子をあげるくらいで忘れさせてくれるのなら、いくらでも差し出す。

でも、そんなことができるとは思えない。

二十年以上、華依の脳裏からはがすことのできない記憶は、どんなに小さく押しつぶしても、ふとした拍子に大きく膨れあがってしまうからだ。

ただ、無駄だとわかっていてもすがりたくなった。

「どんなことでも？」

『ああ、どんなことでもだ』

「本当に、どんな記憶でも忘れられるの？」

『しつこいな、そう言っているだろ』

「――人を殺したことも？」

それまで即答していた声が、一拍遅れて返事をしてきた。

『ああ、どんな記憶でも消せる』

言い切る声に、華依は手を伸ばすことにした。


声や話し方の感じから、ドアの向こうには若い男性がいるのかと思っていた。もしかしたら子どもかもしれない、とも思った。だが目の前にいたのは、年若い男性でも子どもでもなく、小さな顔に大きな目の動物が二本足で立っていた。

初めて見る生き物に華依は後ずさりしながら、目を見たままゆっくりと離れれば良いんだっけ？　などと思った。

「熊と遭遇したときの対処法じゃないんだぞ」

「え？」

なぜ考えていることがわかった？

「それより、よこせよ」

ニョキッと華依の目の前に毛深い手が現れる。華依は更に一歩、後ろに足を引いた。

「逃げるな。逃げても良いけど、そのカップの中にある白くて中が赤いチョコを置いていけ。置いてかないと力ずくで奪うぞ」

「テオ、それでは強盗です」

列車の中から男性が叫んだ。

見知らぬ動物に目を奪われていたが、少し落ち着いて周囲を見れば、普段走っていないタイプの車両が止まっていることに気づく。臙脂色の木製の車両は、日常とは切り離された、物語の世界への入口のように感じられた。

「毎回、毎回、脅すようなことはしないでください。ただでさえ、初対面の人はテオを見て驚くのですから」

どうやら、動物の名前はテオというらしいが、相変わらず状況が飲み込めない。華依を置き去りに、一匹と一人が会話を続ける。

「でもみんな、くれるじゃないか」

「今までは、たまたまです。というかテオの姿で話しかけられたら、たいていの人は断れませんよ」

「そうです！」

んー……と、人間くさい仕草で、テオが目の近くをポリポリと掻《か》いた。

「あー……くれたまえ」

「それも、えらそうな態度です」

「もう、うるさいな。どうやって言えば良いんだよ」

姿はどう見ても動物なのに、会話だけ聞いていると、人間としか感じられない。少なくとも華依を襲ったりしないようだし、それほど危険でもなさそうだ。何より、言葉が通じている。

「ちょうだいって、手を出したらどうですか？」

華依がそう言うと、テオと列車の中の男性の顔が同時にこちらを向いた。

「丁寧に言うなら、ください、とかでも良いかもしれませんけど」

「なるほど」

テオはちょうどカップを受け取れるくらい隙間を開けて、両手を出してきた。

「ください」

「はい」

「本当に良いのか？　甘いものが嫌いなのか？」

「そうなのか？」

「甘いものは好きですけど、チョコはあんまり……なので」

華依がチョコの入ったカップを渡すと、パアッとテオの顔が明るくなった。

「なるほど、こうすればもらえるのか」

満足そうにうなずくテオに、列車の中にいた男性が再度叫ぶ。

「ケースバイケースです。いつも上手くいくとは思わないでください」

「あの、あなたは……飼い主ですか？」

華依は列車内の男性に訊ねたが、答えたのはテオだった。

「俺さまはペットじゃねえ」

華依に詰め寄りながらも、一度手にしたチョコを離す様子はない。

男性が微《かす》かに頰を緩ませて、首を横に振った。

「私はこの列車の車掌です」

見ないタイプの制服だが、確かに男性は鉄道会社の職員らしい姿だ。とはいえ、話す動物がいるとなれば、これがただの列車とは思えない。

どこへ行くのだろう……。華依には行きたいところなんてない。ただ、何もかも忘れられる所なら、連れて行ってもらいたい。

しゃべる動物がいる列車なら、そんな不思議なことを叶えてくれるかもしれない、と思った。

「……車掌さん？　これはどこへ行くのですか？」

「この列車は、お客様が〝本当に忘れたい記憶〟へご案内いたします」

「本当に忘れたい記憶……？」

「なあ、くださいと言っても、もらえないことがあるのか？」

テオだけがチョコのことから離れない。車掌は呆れた顔をしているが、よくあることなのか、返事すらしない。華依が答えるしかなかった。

「くださいと言ってももらえないことは、もちろんあると思います」

「じゃあ、俺さまがどうしても食べたい場合はどうすれば良い？」

普通の人なら我慢するだろう。でもそうでないケースを華依は知っている。だからそれをテオに教えた。

「殴ったらどうですか？」

「え？」

テオと車掌の声がそろった。きっと、華依が「人を殺したことも？」と言ったときも、こんな顔をしていたのかもしれない、と思った。

でも華依にとって驚くことではない。華依にとって大切な物でも、殴られて盗《と》られたことが何度もあるから。

「どうしても欲しいなら、相手のことなんて気にせず、無理やり取るんじゃないですか？　力ずくで」

「俺さまは、殴ったりなんかしないぞ！」

「もちろん、そのチョコはあげますけど」

「そうじゃない！　ほとんどのニンゲンは、そんなことしないって言ってるんだ」

テオは怒りを爆発させていた。

「人間……ですか？」

「俺さまはテオだ！」

おかしい。見たこともない動物と話しているのに、だんだん不思議を不思議に思わなくなっていく。予測できない事態に陥ったときにバイアスが働いて、おかしな出来事も、正常だと認識してしまうことがあるというのを聞いたことがあるが、今の華依は、その状態なのかもしれない。

華依はテオが持っているチョコを指さした。

「そのチョコは恋人からもらったものです。恋人……ううん、プロポーズしてくれたので、婚約者の方が近いかもしれませんけど」

車掌が迷った素振りを見せつつも、おめでとうございます、と言った。

「でもまだ……返事をしていません」

テオが突然怒りだした。

「殴る相手と結婚なんてするな！」

「殴るって、彼がですか？」

「……違うのか？」

「彼に殴られたことなんて一度もないです。彼は本当に良い人です。穏やかで優しくて、私のことを大切にしてくれて……」

恋人は同じ会社で働いている、一年先輩だった。お互い新卒で入社したが、転勤で一ヵ所に落ち着くことのなかった彼と一緒に働くようになったのは、華依が二十九歳のときだった。年齢も近く、机が隣同士だったこともあり、親しくなるのにそう、時間はかからなかった。

付き合い始めてから一年後、恋人は北海道へ転勤になり、二年間遠距離恋愛をしている。遠距離で破局するかと思ったときもあったが、予想に反して交際は続いた。ただそれは偶然ではなく、恋人の連絡がマメで、定期的に華依の元に来てくれたからだ。

そして昨日、プロポーズされた。付き合って丸三年だった。

車掌が華依を気づかうように、優しく訊ねる。

「天気が悪いなか、プロポーズをする理由があったのですか？」

「彼、四月に東京転勤の辞令が出たんです」

もともと、二、三年で東京に戻ってくるという話だった。だから、彼から話がある、と言われたとき、華依はきっとそのことだろうな、と思った。交際中に将来の話をすることもあったから、そこから導き出されるキーワードを想像することは、難しくはなかった。

「転勤のタイミングに合わせて結婚されるのですね？」

「彼はそう望んでいます。本当なら戻ってきてから結婚に向けて動けば良いけど、ちょうど私のマンションの契約更新の時期だからって。今の場所は二人で住むには狭いですし、お互い結婚に躊躇《ちゅうちょ》する年齢でもないですから」

「だけど華依さんは、結婚を悩んでいる」

「……はい」

「それは――人を殺したということと関係していますか？」

「はい」

彼が問題なのではない。問題があるのは華依の方だ。罪を犯した自分が、プロポーズを受けて、幸せになって良いわけがない。

華依は左手の薬指に触れた。指輪は昨日もらったばかりだった。少し考えさせてと返事をしたら、指輪は婚約の証《あかし》ではなくファッションリングだから気にしないで、と言われた。婚約指輪は一緒に見に行こうとも言ってくれた。

キラキラ光る石は、淡い水色で華依の誕生石だった。

「本当に記憶が消せますか？」

「消せます。ただし、失うのは悪い記憶だけではありません。華依さんが忘れたいという、人を殺した記憶となると……多くの楽しかった記憶も失うことになるでしょう。代償は小さくありません」

車掌の口ぶりは、あまり勧められないという感じだ。でも、すでに答えが決まっている華依に迷いはなかった。

「忘れさせてもらえるのなら、私は何があってもかまいません」

「と、おっしゃいますと？」

「全部消してください。殺人のことも、彼のことも、何もかも」

車掌が息を呑《の》んだ。

「何もかも、と言うのは……」

「私が生まれてからこれまでの記憶、すべてのことです」

「すべて……ですか」

「はい。もちろん本当に全部消えたら、どうやって生活していくのか不安です。でもきっと、今よりは生きやすくなるような気がします」

ただ、自分の名前も今まで仕事で覚えたことも、すべて忘れてしまったらさすがに途方に暮れるだろう。その不安を伝えると、車掌は「問題ありません」と断言した。

「例えば、駅の改札の通り方やスマホの使い方。食事をしたり、洗濯をしたりなどといった、生活に必要な部分は失われません。ただ……」

言いよどんだ車掌のあとを、テオが続ける。

「過去の記憶を全部忘れたら、パッと見、今までと変わらないのに中身は空っぽになるぞ。人間を支えているのは知識でもあるけど、それまでの経験や記憶もあるからな。自分は困っていないと思っていても、実際は違和感だらけさ。今いる場所になぜいるのかもわからずに立っていて、何も不安がないわけがない。それまで築いた人間関係も失うことになるんだぞ」

テオはまるで、中身が空っぽになった人を知っているかのような口ぶりだ。だが、初対面のテオと共通の知り合いが華依にはいるはずもない。その人がどんな人なのか気にはなったが、訊ねることはしなかった。

「そもそも全部忘れる必要があるのか？　自分に都合の悪い記憶だけ消せば良いんじゃないか？」

「そんなこと……できません」

殺人を犯したことだけ忘れて、彼と幸せになる。

可能か不可能かと言えば可能かもしれない。今となっては、殺人を知る人は華依しかいないのだから。

「警察に捕まるのか？」

華依は首を横に振る。

「証拠はどこにもありません」

「じゃあ、忘れたふりをすればいい。黙っていればわからない」

テオは悪びれることもなく言った。まるでそれが当然のように、華依が取るべき態度はそれ以外ないといった様子だ。

「無理です」

「どうして？」

「ずっと、そうしていたんです。でもどうやっても忘れられないんです。忘れられなくて、苦しいんです」

「記憶なんてものは、時間とともに変化していく。そしていつかは忘れる」

「それは……知っています」

普段の華依は、特段記憶力は良くはない。だけどあの日のことは、何年経っても鮮明に覚えている。脳の奥深くに刻み付けられたように、今でも細部まで思い出してしまう。

「一年経って、二年経って、それでも忘れられませんでした。さらに三年、四年、五年……二十年以上経ちました」

車掌が首を小さく傾げた。

「ということは、子どものころの話ですね」

「十歳のときです。それが何か？」

車掌の首の傾きが更に深くなった。華依の記憶を探るように見ていた。

「本当に殺したのですか？　比喩的な意味ではなく」

「嘘です……と言えたら良かったんですけど」

華依は両方の手のひらを見た。右手には鉛筆を刺したあとが残っている。左手には去年カッターで切ったときの傷がまだ消えていない。ただ、傷跡は残っていてもどちらも痛みはなかった。

だけど、何も残っていないのに、殺したときの感触は、今でも覚えている。この手に触れた男のアウターの素材はツルツルしていた。

「私、あの人が嫌いでした」

「あの人？　ということは、よく知る人だったのですか？」

「よくも何も……父です」

なぜ母があの人から離れなかったのか。

想像することはできても、華依はいまだに、真実を知らない。

※

列車は線路の上を走るもの。飛ぶのはアニメの世界だけだと思っていた。だが、今華依が乗っている列車はレールから離れていく。

窓の横にあるはずの景色が変化する。視線が横から下へと動く。華依の目は上野の街全体をとらえようとせわしなく動いた。

何本も連なる線路。点在する美術館や博物館。少し離れた場所にあるのは不忍池《しのばずのいけ》だろうか。上空から見るとそこだけぽっかりとあいている。最初は服の色がわかるくらいの人の姿もどんどん小さくなっていき、やがて肉眼でとらえることができなくなった。

華依は目をこすってみるものの、見慣れた世界に戻ることはない。

列車が飛んでいる。列車が空の上を走っていた。

「嘘……ですよね？」

「疑り深いなあ。もう飛んでいるのに、まだ信じられないのかよ」

華依の後ろから、テオの呆れた声がした。

「華依さんの反応が普通ですよ」

車掌もすぐ近くにいる。一人と一匹は、華依の背後で会話をしていた。

「そうかあ？」

「大人になればなるほど、それまで経験したことのない事態に遭遇すると、すぐに状況を飲み込めないのが普通です。それまでの知識や経験が邪魔をしますから」

飛行機やヘリコプターならまだしも、列車の窓から上野駅を見下ろすなどといったことを想像するわけがない。

やがて見えていた建物たちも雲に阻まれ、華依に見える世界は、白一色になった。

「おい、それよりさっきの話、いい加減こっちを向いて説明しろ」

車両の座席は窓際に一列で長く並んでいる。華依は今、テオと車掌に挟まれる形で座っていた。

「チョコ、美味しかったですか？」

横を見ると、テオの口の周りには赤い粉がついている。ほぼ手を付けていない状態で、テオにはチョコの入ったカップを渡した。列車が飛び始めてからまだそれほど時間は経っていないが、すでにかなりの数を食べたようだ。

「美味いけど、中はチョコじゃないよな？　サクサクして甘酸っぱい。周りをコーティングしているホワイトチョコのクリーミーさも甘さも絶妙だ」

「テオ。通ぶったコメントしても無駄です。チョコが入っている容器に書いてあったのを私は見ました」

「うっ……」

うめくテオを放置した車掌は、それで、と一呼吸置いてから華依に訊ねてきた。

「父親殺害の理由を、お聞かせいただけますか？」

「はい。あ、でも……正確には父親ではありません。本当の父は、私が五歳のときに病死しました」

「となると……」

「母の再婚相手です。一緒に暮らすようになったのは、九歳のときでした」

――初めまして華依ちゃん。

三十を少し過ぎたくらいの男性が、笑顔で華依に手を差し出してきた。第一印象は、優しそうな人、だった。母親と二人暮らしの毎日に、寂しさがなかったわけではないが、おおむね楽しい日々を過ごしていた。だから嫌だと思う気持ちはあった。けれど男性のことが嫌いでもなかった。何より母の笑顔が増えたことは嬉しかった。

再婚して、最初の数ヵ月は平穏な生活を送っていた。だがある日、父親になった人が突然、仕事を辞めて帰ってきた。

辞めた、とぶっきらぼうに語る父親は、妻である華依の母親と、視線を合わせようとしなかった。面倒くさそうに背中を向けて、質問されても肝心なことには口を閉ざした。

なぜ？　どうして？　を繰り返す母親に、「うるさい。ゴチャゴチャ言うな！」と荒らげた父の声は、暴力的に尖っていた。華依を抱き寄せてくれた母自身も震えていた。

華依の母親一人の稼ぎでは、家族全員食べていくのは困難だった。だが父親は、職探しをすると言いながら、一ヵ月経っても、二ヵ月経っても、働く様子を見せなかった。さらに昼から酒を飲み、いつも不機嫌だった。そしてそのイライラは、やがて小さな存在に向けられることが増えていった。

『母親が働いているんだから、子どもが家事をするのは当たり前だろ！』

『ガキがテレビ見てんじゃねーよ』

『うるさい。物音たてるな！』

アンタは何なんだ。昼から酒を飲み、妻を働かせ、子どもに怒鳴り散らしているだけのクセに。

でも、そんなことは言えない。言えば何倍も叱られる。叱られるだけならまだいい。拳が飛んでくる。足蹴にされる。

華依は学校にいられる時間は、ギリギリまで居残った。だけど学校も長くはいられない。暗くなるまで外にいれば、大人たちが声をかけてくる。

家に帰ると、華依は学校の図書館で借りた本を、台所にあるガタつくダイニングテーブルで読んでいることが多かった。それだけがお金をかけずに、楽しめる唯一のことだったからだ。

でも男が不機嫌になる理由は、その時々でコロコロ変わる。台所にいて男の視界に入らないようにしていても、虫の居所が悪ければ殴られることもあった。

『こっちを見るんじゃない！』

『話しているときは人の目を見ろ』

『しゃべるな』

『黙ってないで返事をしろ！』

小学生の華依だって、男の発言がおかしいと思っていた。だけど男の歪んだ正義は、そのときの自分の感情がすべてだ。察するのは無理だ。そしてその正義は、弱いものにしか向けられなかった。

母親が仕事から帰って来ると、怒鳴り声はさらに加速した。それまで寝ながらテレビを見ていた父親が、飯を作れと命令する。さらに虫の居所が悪ければ、殴りながら母を罵倒した。

そしてある日。母親の目の前でも、男の怒りが華依に向いた。

振り上げた拳が華依の腹にめがけて飛んでくる。恐怖から目を閉じて、身を固くする。逃げても無駄だ。華依の力では抵抗も意味をなさない。殴られても一番ダメージの少ない方法を、華依は自然と身につけていた。

ガツン、という音はしたものの、華依は痛みを感じなかった。その代わり、母親に抱きしめられていた。母親が華依をかばってくれていた。

『財布ならそこにあるから！』

悲鳴に近い声に、男は『うるさい！』とまた怒鳴る。叩きつけるようにドアが閉まり、男がいなくなると嵐は過ぎ去る。そのあとにやってくるのは、悲しさと虚しさだった。

ごめんね、と謝りながら、なぜ母がこの人と別れないのか、華依にはわからなかった。華依には、本当の父親の記憶はあまり残っていない。それでも、一緒に遊んで楽しかったことは覚えているし、母親と二人になってからの生活も、今よりずっと楽しかった。二人きりの方がずっといい。お願いだから、前の生活に戻りたい。泣きながら華依は訴えたが、母親はなぜかごめんね、ごめんね、と謝ってばかりいた。そして華依を抱きしめていた。母の身体が震えていた。二人でただ、泣くことしかできなかった。

華依が深呼吸すると、テオが頭から湯気を出して興奮していた。

「クズだな、そいつ！」

対照的に車掌は冷静だった。

「そうですね。最低だと思います」

「最低だと思います——じゃねえよ。なんでそんなに落ち着いていられるんだよ」

車掌が立ち上がり、高い位置からテオを見下ろした。

「今さら怒ったところで、華依さんの過去は何も変わらないですから」

「変わるか変わらないかで、俺さまは怒っているわけじゃない！　本当に嫌なことは爆発するくらい怒って、窓ガラスが割れるくらい喚《わめ》いて、水たまりができるくらい泣いて外に出さないと、いつまでも身体の中に残ってしまうってことだ」

「テオがそれをすると、列車が壊れそうです」

「悪いか！　俺さまは、そうやって嫌なことを忘れていくんだ」

はた迷惑です、と言いながら、車掌は苦笑していた。

「でも……テオの言っていることも一理あります。人間、嫌なことを受け入れられる容量には限りがあります。詰め込み過ぎたら、いつか溢れてしまいます。まだ空いていると思っていても、ある日突然、満杯を超えてしまうかもしれません。そうなったとき——壊れます」

「ダムみたいですね」

貯水用のダムも大雨が続けば、やがて満杯になる。容量を超えれば決壊してしまう。そうなる前に放流する必要があるが、放流する川もまた、雨で増水している。タイミングと量の見極めが重要だ。

華依がそう言うと、車掌は納得するようにゆっくりうなずいた。

「しかしお話をうかがった限り、父親のことを忘れたいと思うのは理解できますが、すべてを忘れてしまったら、お母さまとの記憶もなくなってしまいます。それでも良いのですか?」

「それは……」

華依は言いよどんだ。

大人になってから、華依はDV被害者の本を読み、母の心理状態を少し理解できた。暴力に耐えているうちに、母は逃げ出した方が安全なのに、どうすればその場で安全にいられるかという方法だけを考えるようになってしまっていたこと。外から見れば異常な世界も、外界を見られないと、そこがすべてになってしまうこと。正常な判断ができなくなっていた母は、我慢を続ける以外の方法を、思いつかなくなっていたということ。

そうしているうちに、いつか事態が良くなると信じていたのかもしれない。幼い華依を抱えていたのも、足かせになっていたのかもしれない。そして何より〝その後〟を考えると、母を恨む気持ちにはなれなかった。

「母のことは忘れたくありません。でもそれを望んだら、都合が良すぎると思っています」

「ご自分からおっしゃる方は珍しいですね。それは普通、こちらからお話しして、理解していただくことですから」

車掌はそれから、「悪い記憶」を消す場合、同じくらいの「良い記憶」も消す必要があると説明してくれた。「殺人」の記憶を消すのであれば、それと同じくらい大切な思い出を消さなければならないということを。

「同じくらい大切な思い出?」

「天秤のバランスが取れる重さをイメージしてくだされば結構です。ただし、華依さんが望むように『何もかも』消す場合は例外と思ってください。バランスが取れなかったとしても、ご希望を叶えることは可能です」

「そうですか……」

華依はやはり自分の考えは間違っていないとホッとした。殺人の記憶を消すには、すべてを忘れるしかないのだ。

テオが唐突に、華依の目の前にチョコを出した。

「チョコが嫌いなのは、男に関係しているのか?」

「……どうしてそう思うのですか?」

「チョコが嫌いな人はこの世に存在しない。でもその男に関係していれば、理解してやらなくもない」

テオの無茶苦茶な理論に、車掌も参加する。

「テオのチョコ好きはどうかと思いますが……甘いものは食べられるのに、チョコが苦手な人は少数派のような気がします。もちろん、苦みや香りが苦手という方もいるでしょうけど」

「恋人は渡したプレゼントを華依が喜ばなかったら、不機嫌になるのか？」

「そんなことはないです」

華依だってわかっている。母親の再婚相手と華依の恋人は違う。だから、同一視することは失礼だ。でも頭で理解することと、感情は別だ。

「違うとわかっているのに、怖いと思ってしまうことがあるんです。母の相手も、最初は穏やかでした。殴るどころか、大きな声を出すこともなかったんです。でも、あれ？って思い始めたらどんどん変わって……。彼が義父のようになるとは思いませんが、ならないとも言い切れません。でもそれは彼のせいではなく、私がすべての男性に対してそう思っているせいなんです」

だから華依は告白をされたとき、断ろうと思った。年齢的に付き合った先に結婚を考える可能性があったからだ。だが熱心に誘われ、もちろん華依にもその気があったから受け入れた。今は別れたくないと思っている。だけど彼を信じきれない。そしてそれ以上に思うのは、殺人を犯した自分と一緒にいたら彼を不幸にしてしまう、ということだ。一緒にいたいのにいられない。

だから全部忘れたい。

「私十歳までは、チョコが大好きでした。たぶん、お菓子の中で一番好きなのがチョコってくらい好きでした」

華依はチョコレートを嫌いになった日のことを、はっきりと覚えている。十歳の誕生日だ。あの日、母は華依が一番好きな、チョコレートクリームのケーキを買ってきてくれた。もっともワンホール買うお金はなく、カット売りのケーキを一つだけ。そこにろうそくを一本立ててくれた。

義父──男が不在だったこともあり、誕生日を祝ってくれる母に華依は抱き着いた。二人きりのときは、思い切り母に甘えられた。

ずっとこんな時間が続けば良いのに。あの男がいない方が何倍も楽しいのに。でも口に出せなかった。なぜそれを言えないのか、自分でもわからなかった。あとから考えると、正常ではない毎日に、華依もまた混乱していたのかもしれない。

一つだけわかっていたのは、あの瞬間の小さな幸せを崩したくないということだ。どうせ男が帰ってくればまた、息をひそめなければならないのだから。だったらこのときだけは、思い切り母に甘えたかった。

母は華依に、一人でケーキを食べるようにうながした。でも華依は、半分に分けようと言った。何度かそのやり取りを繰り返したあと、華依はケーキの周囲を覆うフィルムをはがし、クリームを舐《な》めようとした。ケーキはもちろん美味しいが、フィルムに付いたクリームは別の美味しさがある、と華依は思っていた。

『華依、お行儀が悪いよ』

母は苦笑していたが、止めようとはしなかった。だが華依の舌がフィルムに触れる前に、手からそれが離れる。

『あー……落ちちゃった』

クリームが付いた面は床に接して、舐められそうもなかった。

華依が肩を落としたとき、台所からつながる玄関ドアが開いた。幸せな時間はそこで終わった。

『何してんだ？　何でケーキなんかあるんだ？』

たぶん、そんなことを言ったと思う。いつもより帰宅が早かったのは金が尽きたのかもしれない。男は酒臭かった。顔を赤くして、呂律《ろれつ》が怪しい。かなり酔っていた。おぼつかない足元で近寄ってきた。

母が華依の誕生日だからと言うと、男は華依を見た。

『誕生日といっても、まだまだガキだよな。あと数年すれば、稼ぎようもあるだろうけど』

男の目がぬめっとしていた。ぬかるんだ泥に足をとられたときのような、気持ち悪さがあった。

華依は必死にケーキを守ろうとした。母が買ってくれた大切なケーキを、男に食べられたくはなかった。

だが華依よりも先に、男はケーキが乗った皿をつかんだ。

『独り占めしようってのか？　分け合うのが家族ってものだろ』

男は華依が届かない場所まで皿を高く上げ、顔から突っ込むようにケーキにかぶりついた。すぐに半分くらいのケーキが男の口の中に消えた。

『やめて！』

日ごろ従順な妻が、自分にはむかったことが気に食わなかったのか、男は母を蹴った。一瞬のことに母は防御することができず、蹴りをまともにくらってしまう。吹き飛ばされて、食器棚にぶつかった。

『ゴチャゴチャ騒ぐな！　クソが！』

男の足が、もう一度母に向かう。

華依の頭の中は真っ白だった。何も考えられなかった。ただ反射的に、思い切り男を突き飛ばしていた。

ゴン！　ガシャン！

硬いものが何かにぶつかる。ほぼ同時に聞こえたのは、食器の割れる音。耳に突き刺さる二つの音に、華依は何が起きたのかすぐには理解できなかった。

ただ、華依の目の前で男が床に転がっていたことはわかった。

男の口がかすかに動く。弱々しいうめき声をあげる。でも声にならない声は数秒で消えた。

『……え？』

華依は震えていた。寒さは感じていないのに、勝手に身体が震えていた。

『華依のせいじゃない！　華依のせいじゃない！　大丈夫だから』

母親に抱きしめられているのに、華依の震えは止まらなかった。

何が起きたのか、やっぱり華依にはよくわからない。ただ、シンクの角に血が付いていたことと、男の足元にクリームのついたケーキのフィルムがあったことは、震えながらも見ていた。

「男がクリームのついたフィルムに足を取られて、シンクに頭をぶつけたと母は病院で医師に言いました」

お母さんは何を言っているのだろう？　と母と医師の会話を聞きながら思っていた。だが何か話そうと思っても、華依の声は出なかった。ボンヤリとしながらも、華依は自分が何をしたのかをわかっていたからだ。

本当のことを言ったら、警察に連れて行かれる。そう思っていた。

車掌が華依の顔の側でささやいた。

「状況と証言が、それほど食い違っているとは思いません」

「ってか、それがすべてじゃないか」

テオも車掌に同意する。ただそれは、もっとも重要な部分を省いている。

「男が頭を打ったのは、私が突き飛ばしたからです。ケーキのフィルムが足元にあっても、私が突き飛ばさなければ、きっとそうはならなかった……絶対にそうです」

不慮の事故と処理された。警察にすら届けられていない。華依が激しく動揺しているのは、父親が突然亡くなったことで、まさか自分が突き飛ばしたからだとは、病院にいる大人も、学校の教師も、近所の人も、母以外、誰も気づいていなかった。

車掌は少し上を向いて、何か考えるように視線を宙に漂わせた。

「確かにきっかけは華依さんにあったかもしれません。ですが、そもそも十歳では刑事罰の対象にならないでしょう」

「大人になってから、殺人に関する法律を調べてみました。なので私が、罪に問われないことはわかっています。でもあれは、事故ではありません」

不思議なことに、男を突き飛ばした直後は頭が真っ白だったが、その瞬間の記憶は遅れて蘇《よみがえ》ってきた。三月なのに雪が降りそうなくらい寒くて、男は冬物のコートを着ていた。化学繊維でできたコートには中綿が入っていた。今でもあのときの感触が、華依の手に残っている。

車掌がため息をついた。

「事故でなかったとしても、華依さんの行動は正当防衛です。もし、華依さんが男を突き飛ばしていなかったら、お母さまは怪我を負っていたでしょうし、場合によっては亡くなっていたかもしれません」

「でも、あの人はそういうところはズルくて、病院に行くほどの怪我をさせることはなかったんです。殴るときも顔とか腕とか、外からわかる場所には暴力はふるわず……」

「それでも、です。相手は酔っていたのなら正常な……素面《しらふ》でも正常ではありませんが、対外的なことを考えて暴力をふるうことはできなかった可能性は十分にあります。そもそも十歳の女の子が、大人の男を突き飛ばして転ばせるなんてことは、酔っている相手でなければ不可能ではありませんか？」

「あ……」

栄養状態が良くなかったせいなのか、華依は小柄で細身だった。小学校四年生なのに、よく二年生くらいに間違われた。

テオが華依と車掌の間に割り込んできた。

「酔って、落ちていたケーキのフィルムに足を取られて滑って、シンクの角に頭をぶつけた。何の問題もないじゃないか」

事実を切り取ればテオの言う通りだが、その前段階に何があったのかは、華依は知っている。

「母はそれ以降、そのときのことを一度も口にしたことはありませんでした。本当に忘れているのかと思うくらい、まったく何も話さなかったんです」

「本当に忘れていたという可能性は？」

「あり得ません。あの男が死んだことまでは、さすがに忘れないでしょう。なのに、一度もその話題に触れないのだから不自然としか言いようがありません」

意識していたからこそ、触れることができなかったと思っている。夫だった男が死んだときのことを話せば、華依がしたことにまで話が及んでしまうから。

その後のことで印象的だったのは、華依の十一歳の誕生日ケーキは、生クリームたっぷりでイチゴの載った、白いケーキだった。十二歳も、十三歳も、十四歳も同じように白いケーキが出てきた。ケーキは二十歳まで買ってくれた。

「二十一歳のときは、何でケーキがなかったんだ？　もしかしてケーキは成人までというのがニンゲンの常識なのか？」

二十一歳以降、母がどう考えていたのかは華依も知らない。

「私が二十歳のときに病気で亡くなったんです」

車掌がしんみりと「それは、寂しいですね」と言った。

「はい」

母が男のことを語ろうとしなかったのは、自分自身を責めていたこともあるのだろう。あんな男と付き合わなければ、あんな男と結婚しなければ、あんな男ともっと早く別れていれば。

そう思っていただろうということは、日々の生活の中で何度も感じた。

母との新たな思い出はもう作れない。だからできれば消したくない。

だけどやっぱり、それはできないと思う。人殺しの自分がそんな都合のいいことを考えること自体間違っていると、華依は思い続けている。

「本当に、全部忘れたいのですか？」

「はい。ただ……全部の記憶が消えたらどうなるか不安ですけど……」

華依がそう言うと、車掌はすぐに反応した。

「でしたら、ご覧になってみますか？」

「何を？」

車掌が華依の質問に答える前に、列車は急降下する。一瞬だけ、重力が消えたように身体が浮き上がった。

テオがクリクリとした大きな目を、さらに大きくして華依を見た。

「華依は何だか楽しそうだな」

「そうですか?」

「普通はもっと怖がるだろ。今までの乗客はほとんど怖がっていたぞ」

「これが普通だったら、おかしいじゃないですか」

「……それもそうだ」

二十年近く抱いた重い記憶から解放されるなら、華依は恐怖よりも楽しみが勝る。それに車掌もテオも平気な顔をしている。だったら何を怖がる必要があるのだろうか。

さすがに着陸のときの激しい衝撃には驚いたが、車体は無傷でどこにも変化はない。

車掌がドアを開けると、一面真っ白な世界が広がっていた。まだ雲の上にいるかと思うくらいだったが、華依の心臓が静まったころには、視界も開けた。

「華依さん、こちらがすべてを忘れた世界です」

※

「野田さんのところはないの?」

名前を呼ばれて、華依はハッとした。

何かの膜に覆われたように周囲の音が遠く、足元がフワフワしているように感じる。今もランチを食べながら、同じテーブルにいる人たちの話し声すら、他人事のように思った。

「え？　あ……すみません。ボンヤリしていました。ええと……？」

「同級会のこと。松宮《まつみや》さんがこの前、同級会で昔好きだった人が、オジサンになってショックを受けたって話をしていたの。で、他の人はどうかなって話になって」

「ああ……いえ、私は特に……」

一緒にいるのは職場の同僚だ。会社近くの洋食店に、たまにこのメンバーで訪れる。一人は四十代の松宮で、あとは華依とそれほど年齢の変わらない人たちだ。他愛もないおしゃべりは、仕事の愚痴から同僚の噂話。あとはプライベートなことにまで及ぶが、このテーブルを囲む人たちは、他人を攻撃するような話はしない。逆を言えば、そこまで深入りしないということでもあるが、華依にとってはそのくらいがちょうど良かった。

「同級会に参加したことはない？」

「ない……ですね」

華依の反応が薄かったせいか、同級会に参加したという松宮が、悩ましそうなため息をついた。

「お互い四十を過ぎて、こっちもオバサンになっているんだから、勝手な言い分ってわかっているけど、昔は憧れた人よ？　高校時代はカッコ良かったんだから。バスケ部のキャプテンで、動きも機敏で軽やかで」

華依の隣に座っていた女性が訊ねた。

「もしかして、元カレですか？」

「ううん、一方的に見ていただけ。でも月日って残酷ねえ。お腹《なか》の出たオジサンを見たら、私は誰に憧れていたんだろうって思ったの。まあ良いんだけどね。夫も子どももいるし、今さらときめいて、間違いでもあったら面倒なことになるし」

「四十過ぎると、恋の再燃は厄介そうですからね」

「そうでしょうね。たいていの人は結婚しているから。ただあの日を境に、再燃しているカップルがいるかもしれないけど。だから相手が、お腹の出たオジサンで良かったのよ」

「そうですよ。そもそも相手も松宮さんを見て、残念と思っているかもしれませんよ」

「ちょっと何よそれ！　って言いたいけど、そうだと思う。というか、私は彼の眼中にすら入っていなかったわ、当時も今も。……寂しい」

松宮は一度目よりさらに大きなため息をついた。やや芝居がかった仕草は、笑いを誘うためのものだろう。華依を除く二人は、ハハハとやや大きめな声で笑った。

「まあ、過去は過去のこと。良き思い出として取っておくわ」

三人の会話を聞きながら、華依は自分の高校時代を思い返していた。だが記憶はすりガラスの向こうにあるみたいにぼやけている。

高校には通った。卒業証書は手元にある。卒業証書の入った筒を手に、校門の前で撮影した写真も、アルバムに残っている。

だけど自分が写っているとわかっているのに、なぜか他人のように感じてしまう。松宮のような「良き思い出」も「寂しい思い出」もない。ただ淡々と毎日を過ごし、勉強をしたことしか覚えていない。テスト前に慌てたことや、体育祭で走った事実は存在しているのに、そこにあるべきはずの「嬉しさ」や「辛さ」や「悲しさ」といった感情が一切付随していないのだ。

私は誰なのだろう。

野田華依、三十三歳。パソコン関係の検定をいくつか取得。あとは高校時代に半強制的に受験した英検準二級という微妙なもの。突出してできる教科はなかったが、物理はあまり好きではなかった。

甘いものもアルコールも嫌いではないが、執着するほどでもない。淡々と仕事をこなし、休日は部屋で映画を見て過ごす。物語を見ているときは感情が揺さぶられるが、テレビを消せば、プツッと自分の気持ちもリセットされる。

履歴書を書くことはできる。仕事の面接を乗り切るくらいの会話は問題ない。だけど、学生時代の思い出、というタイトルで作文を書くのは難しい。

松宮の同級会話をちゃかしていた一人が、あれ？　と何か思いついたらしく声を上げた。

「松宮さんは何部だったんですか？　バスケ部を見ていたってことは、もしかして男バスのマネージャーをしていたとか？」

「……卓球部」

「へー、卓球していたんですか。言われてみればちょっとそういうイメージですねー」

卓球っぽいイメージとはどういうことよ、と松宮は笑いながらツッコんだ。

「だって、松宮さん仕事ビシバシって感じだから。ってか、どうしてそんな嫌そうに言うんですか？」

「私のいた学校、超弱小卓球部で別名〝動く文化部〟って呼ばれる、部活動の中でも下層にあったから立場が弱かったのよ。逆に聞くけど、ビシバシって感じだから卓球部って何よ？」

「私がいた学校はインターハイ常連校だったので、ビシバシなんですよ」

あー、なんとなく伝わるわ、と呟いたのは、もう一人聞き役に回っていた同僚だ。

「野田さんの学校はどうでした？　卓球部ビシバシ系でした？　それとも文化部系でした？」

「えっと……どうだったかな。これといって特に……」

華依の反応が芳しくなかったせいか、話はそこで終わってしまった。たいした話題ではないから、場の空気を悪くするほどではない。だけど、華依はその「たいしたことのない話」すらできない。ただの雑談なのに、華依はいつも、自分の欠けている部分を見せつけられているような気分になってしまう。

食事を終えて店を出ると、街は大勢の人に溢れていた。

平日の日中だが制服姿の高校生や、大学生風の若者もいる。もちろん華依よりも年配の人もいる。

だけどこれだけ大勢の人がいるのに、華依は一人で立っているように感じた。自分の記憶がないということは、誰の記憶の中にも存在しないように思える。

「野田さーん、信号変わっちゃうよー」

「あ、はい」

歩行者信号が点滅を始めている。慌てて華依が駆けだすと、ポケットの中に入れていたスマホが震えた。

信号を渡ってから、三人に先に会社に戻ってと頼み、華依は電話に出る。

「――もしもし？」

「もしもし、礼香《れいか》？　ちょっとー、ずっと待っているんだけど、今どこ？　もしかして電車遅れてる？」

若い女性の声だった。

「え、あ、いえ……」

「礼香ってば、相変わらず遅刻魔だねー。たまには時間通りに来ようとかって思わないわけ？　私もう、三十分も待っているんだけど。あと五分で来なかったら、今日の食事奢《おご》ってもらうよ？」

相手の話しぶりから、何となく状況は察したが、残念ながら華依は、待ち合わせ相手ではない。

「人違いですよ」

「え？」

相手の慌てている様子が、わずかな音からも伝わってくる。

「す、すみません！」

「いえ……」

電話はそこで切れた。

間違い電話の待ち合わせの相手は、いつも遅れるらしい。声の様子から、多少怒ってはいたが、どちらかといえば呆れている感じでもあった。

「アドレス登録してあれば、間違えるってあまりないはずだけど……」

登録するときに間違えたのだろうか。普段、ＳＮＳで連絡を取っていると、電話は使わずにいて、間違いに気付けなかった、ということはあるかもしれない。

華依はスマホのアドレス帳を開いた。

登録してあるのは、会社と同僚や上司の数件だけだ。あとはときおり通院する歯科医院しか入っていない。友達の名前は一人もなかった。

着信履歴はもっと寂しい。今の番号違いが一件と、上司からの連絡だけだ。それも、会社の入っているビルが突然停電になったときの緊急連絡だ。

仕事をしているうえで、特に不便は感じない。周囲から疎んじられているとも思わない。特別有能ではないが、煙たがられてはいないだろう。だけど華依が会社を辞めても、気にする人はいないと思う。そしてそのあと、華依に連絡してくる人はいない。思い出話をする相手もいない。

振り返っても歩いてきたはずの道はなく、背後にあるのはだだっ広い平原だ。草木も何も生えていない景色が、華依の歩んできた時間のように感じた。

※

列車のドアが閉まったとき、華依は「見て」いたことに気がついた。

「嘘みたい……」

実体験だと思っていたが、錯覚だったと今ならわかる。だけどその感覚が、髪の毛や皮膚の細部にまで残っている。

車掌が腰をかがめて、華依の顔を覗き込んだ。

「いかがでしたか？」

何もかも忘れた世界は、穏やかといえば穏やかだった。過去の苦しみは何も覚えていない。華依を縛っているすべてから、解き放たれているともいえる。けれどそれ以上に浮かんだことは——。

「寂しかった……」

「他には？」

「他？　ありませんけど……」

「本当ですか？」

車掌の顔が更に近づく。深い夜のような色をした瞳が華依を見ている。その一点を見つめていると、華依は「寂しい」の奥に隠れている気持ちがあることに気づいた。

「あれは……誰？」

姿かたちは華依だ。声も話し方も華依だ。仕事も今、華依がしている内容と相違ないし、見知った街並みだった。華依が知っていることばかりだ。

だけど『何もかも忘れた華依』は、華依ではなかった。

「華依さんです」

「違います」

「なぜ、そう思われるのですか？」

「なぜって……つながっていないから」

「何とつながっていないのですか？」

「今の私と」

車掌は当然、とばかりにうなずいた。

「それはそうです。過去を切り捨てているのですから」

「でも切り捨てたのは記憶だけのはずでは……」

「ええ。ですから、置かれている状況は今とさして変わらなかったはずです。ただ華依さんはそれを、自分と認識しなかったということです」

記憶とは何だろう。自分を作っているのは、記憶なのだろうか。

今の華依は、過去の華依がいなければ、存在しないということなのだろうか。

華依の手が震えた。

「ずっと、忘れたいと思っていたんです。でもあれは……怖かった」

「では、すべてを忘れることはやめますか？」

車掌は華依に考えを変えて欲しいと思っているのだろうか。

声は少しばかり固いが、表情からは感情が読めない。止めたいようにも見えるし、好きにしろと突き放されているようにも見えた。

「そうできたら、良いとは思います。でも、忘れないのも怖いんです。覚えたままこの先を歩んでいける自信はありません」

記憶を消す恐怖を感じた。だけど記憶を持ち続ける不安も消えない。むしろ未来は、もっと大きくなるような気もする。

車掌が左袖を少し引き上げ、手首の時計に視線を落とした。

「時間はまだありますし、もう一つ、見てみましょうか」

「……もう一つ？」

「ええ、忘れずに過ごした場合です」

列車が発車する笛の音が響く。そしてまた、白い世界から別の場所へとつながった。

※

「ただいまー」

夫がドアを開けると、華依が応えた。

「お帰りー、って一緒に帰ってきたでしょ」

「ただいまって言いたかったんだよ」

優しい笑顔が、華依の側にあった。

華依が夫と同じ家に帰るようになったのは、今から二ヵ月前。つまり婚姻届を提出したのが二ヵ月前だ。

華依は毎日幸せをかみしめている。朝起きると隣に夫がいる。夜眠るときも夫がいる。穏やかな彼と過ごす時間は、他人と過ごす生活に少しの戸惑いはあっても、そのほとんどが心地良いものだった。

夕食を食べていると、夫がテレビのニュースに反応した。

「これこれ。気になっていたんだ」

テレビは一年前に発覚した、義父による子どもの虐待死事件の初公判を報じていた。

「……気になるの？」

「そりゃね。義理とはいえ、どうして家族に手をかけられるのかなと思うし。しかも相手は子どもだよ。鬼としか思えないよ」

「うん……」

「どう考えても力が強い方がそれを武器にしちゃダメだと思うんだよね。弱い方は抵抗しようがないんだから」

「じゃあ立場を逆にして、相手が抵抗する場合はどう思う？」

「このケースだと、子どもが親を殺したらってこと？」

「そう……」

華依の夫は、そうだなあ、とテレビの方を向いたまま答えた。

「他に方法がなかったのかとは思うよ」

「他？」

「うん。まあ、ありきたりかもしれないけど、逃げるとか。もちろんそんな経験はないから、僕には想像しかできないけど。でも殺さなくてもなあ、とは思う」

夫の実家は経済的に安定し、家族仲も良い。もちろん、さざなみ程度のトラブルはあったかもしれないが、大波はなかっただろう。夫が家族について語る様子を見ればわかる。だから、華依の本当の過去を話しても理解はされないと思う。そして話してしまったら、それは終わりの日を意味している。

夫の視線が、テレビから華依に移った。ニュースはサッカーのことを報じていた。

「仮に殺したりしたら巻き込まれる他の家族のことを考えると、やっぱり逃げれば良いんじゃないかなって思うよ」

「巻き込まれる？」

「今はたいていのことがネット上にさらされるから。勤務先から出身校、卒業アルバムまで出て、逃げ場なんてどこにもなくなる。これまでの生活がすべて台無しになるだろうからね」

「そう……ね」

「だから周囲のことを考えると、普通はできないんじゃないかなって思うんだ」

華依の過去を知らない夫は、華依を責めているわけではない。

だけど責められているように感じる。あり得ないと思っていても、夫に迷惑をかけてしまうのではないかと考えてしまう。

結婚して、温かい家庭を手にした。この先、子どもも望んでいる。だけどそれは、更にリスクを背負う可能性が高まる。華依のしたことが、もし、どこかでバレてしまったら……。

世間にバレなくても、華依がその秘密を抱えきれずに、何かの折に、夫に話してしまったら。一瞬でも重りを手放したくて、過去の罪を口にしてしまったら。

今のこの温かい家庭が壊れてしまう。

そうなったとき、華依は耐えられるのだろうか。最初から手にしなければ、失う怖さを感じなかったはずなのに、今はそのときを想像すると、怖くて仕方がない。

「華依、具合でも悪い？　疲れている？」

「え？」

「食事が進んでいないよ」

夫が華依の茶碗《ちゃわん》を見ていた。

「あ……ああ……ううん、平気。ボーッとしていただけ」

誤魔化すように、勢いよくご飯を口にかき入れる。息が苦しい。でも、この苦しさはたいしたことではない。それよりももっと、華依の胸の奥は詰まっていた。

「そういえば来週の日曜だけど、華依のスケジュールに変更はない？」

「来週？」

「父さんの誕生日」

「──あっ」

「忘れてた？」

「……ごめんなさい」

「最近仕事が忙しかったし、かなり前に話したっきりだったから気にしないで。もしかして、別の予定入れた？」

「ううん、空いてる。仕事もだいぶ落ち着いたから大丈夫」

「そっか、じゃあ、悪いけど付き合ってもらえるかな。まったくイイトシして、誕生日ってこともないと思うんだけど、集まる理由が欲しいんだろうな。自分が行きたいレストランがあるなら、母さんと二人で行けばいいだろうに」

「素敵なことだと思うよ。そうやって家族で集まれるって」

「華依……」

夫の申し訳なさそうな表情を見て、華依は失言だったと気づいた。

華依は一人目の父親は病死。二人目の父親は事故で亡くなったと夫に伝えている。もちろんそれを疑っていないだろう。だからこそ、華依のことを気づかってくれる。

「誕生日に家族で集まるって良いと思う」

華依の記憶に強烈に残っている誕生日とは違う。きっと笑顔と明るさに溢れたものになる。その明るさを想像するだけで、華依は自分の闇を実感させせられた。

でも夫に罪はない。華依が一生、一人で背負っていく罪だ。

誰にも話せない永遠の闇は、華依の心を蝕《むしば》み続けていくものだった。

※

列車はまた飛び始める。華依の心は決まった。

「やっぱり全部忘れさせてください」

車掌は鋭い視線を華依に向けた。

「本気ですか？」

「——もちろんです」

「忘れたときのことを見たのに？」

「覚えているよりはマシです」

「空虚で何もない、今の自分と別人とまで感じたのに？」

「それでも、です！」

華依は叫ぶと、両手の拳で自分の腿《もも》を叩いた。

「殺人の記憶なんて、持ち続けたいわけ、ないじゃないですか！　誰が知らなくても、私は覚えています。逆を言えば、私の記憶が消えれば、誰も覚えていません。だったら、忘れてしまった方が幸せになれると思います」

「それは幸せですか？」

「え？」

「幸せではなく、不幸でないだけではありませんか？」

「それは……」

華依は言い返せなかった。

車掌は座席から立ち上がり、怒りを押し殺したように語り始めた。

「忘れることで、華依さんが楽になれるのであれば、力をお貸しします。が、何もかも忘れてしまったら、生きづらさを感じます。もちろん記憶違いは、日常でも起こります。うっかり忘れる、などということは、環境や年齢にもよりますが、誰にでもあることです。

ですので、人は些細なことを忘れていても、大きな問題にはなりません。状況に応じて辻《つじ》褄《つま》を合わせます」

車掌の口調は、空から落下するように、坂道から転がるように、どんどん早口になっていく。

「ですが、あまりにも大きな記憶が欠落していると、無視することは難しくなります。そのとき、そこには何があったのかと考えます。そしてすべてを忘れた場合、自分は何者なのだろう、何をしてきたのだろう、何を見てきたのだろう、親しい人は誰だろう、誰を愛したのだろう、誰に愛されたのだろう、何を幸せと感じたのだろう……そういったすべてのことを失ってしまいます。記憶とはそういうものなのです。それでも良いのですか？」

「嫌に決まっています。恋人のことも、母親のことも、友人たちのことも忘れたくなんかない！　でも人を殺した記憶はどうやっても消えない。それを帳消しにするには、すべてを失うしかない。もし記憶を失えないのなら、自分の存在をこの世から消した方がマシだと思うくらい、私は忘れたい！」

——ガタン！

列車が激しく揺れる。乱気流に巻き込まれた飛行機のように、上下左右に揺れ、ガタガタと音をたてる。さっきまでの急降下とは違い、車体が異常を訴えていた。

「こ、この列車、落ちるの？」

華依の疑問に応えたのはテオだった。

「大丈夫だ」

テオの胸元の時計の針が高速で逆回転している。

「大丈夫なわけないじゃない……!」

「落ち着けって」

落ち着けと言われて、落ち着いていられる状況ではない。列車は乱高下を繰り返し、高度を下げていく。

怖い。このままでは墜落する。華依には何が起こっているのかわからないが、良くない事態であることだけはわかる。

「この列車と華依の感情が連動したんだ」

「どういうこと?」

「自分の存在をこの世から消したいなんて思わないことだよ。存在が消えたら、新しい記憶すら作れなくなるから」

「じゃあ、この気持ちを抱えたまま、生き続けろって言うの? いつまで辛い思いをしていかなければならないの? 私はどうすればいいの? どうやって生きていけばいいの? いったいどこへ行けばいいの?」

華依の感情は落ち着くどころか、ヒートアップする。勝手に涙が出てくる。冷静でなんていられなかった。

「だいたい、どうして私の感情が列車と連動するの？」

「禁句がいくつかあるんだよ！　華依はそれを口にした」

「禁句？」

わかるように説明して欲しくて、華依は車掌の方を見る。だが車掌の瞳は華依を見るどころか、瞼は開いているのに、何も映していなかった。

「ちょっと黙ってろ」

テオが車掌に飛びつく。耳元で叫んだ。

――オマエが存在する場所は、ここしかない。

ガタン。車体が大きく傾く。だがその瞬間、車掌の瞳に力が戻った。

テオが車掌の背中を叩いた。

「しっかりしてくれよ！」

言葉は叱咤《しった》しているようだが、声はうわずっている。

激しい揺れはいくらか収まったが、まだ落下は続いていた。このままいくと、墜落してしまうかもしれない。

「華依！」

テオは考えを変えろと言う。でも華依は、どうすればそれができるか、わかるわけもなかった。

「無理！　できない！　どうすればいいのか、誰か教えて！」

泣き叫ぶ華依の手を、車掌が握る。優しい声で言った。


「幸せになってください」


「……どうやって？」

「自分を許してください。そして幸せになる方を選んでください」

私が幸せになる？

幸せになっても許される？

過去をすべて消すことはできない。だからといって、すべてを抱え続けることもできない。人を殺したという記憶はあまりにも大きすぎて、それと同等の重さを持つ記憶は華依にはない。

「無理……」

「無理ではありません。大丈夫です。華依さんにはその権利があります」

車掌の声は決して強い口調ではないのに、そうかもしれない、と華依に思い込ませる優しさがあった。

でもまだ信じられない。

「大丈夫です」

繰り返されると、そうであったらいいな、と思えた。だけど不安が完全に消えることはない。

「大丈夫です」

三回目に聞いたときには、車両はほとんど揺れることなく安定する。そうかもしれないと思えた。

テオの時計を見ると、針の速度は通常に戻っている。

窓の外に広がる空も、晴天のような色をしている。

それと同じくらい、車掌の表情も、一点の曇りもない笑みになっていた。

※

十八番線をあとにする華依が振り返ることはない。顔はまっすぐ前を向いている。歩いていく先は未来なのかそれとも……。

「相変わらず、テオはお人好《ひとよ》しですね」

「人じゃねえよ。そもそも今回は、華依が勝手に話をややこしくしただけだろ。あんなの俺さまから見ればただの事故だ。天罰だ」

「その考えには同意しますが、ややこしくするのが人間ですから。とはいえ華依さんは殺人など犯していない。不運……と言って良いのかわかりませんが、あれは事故でしょう」

「だろ？」

「もっとも、華依さんがそう思えない難しさがあったことまでは、否定するつもりはありません。極限状態に置かれた場合、人の判断は狂います。そして記憶も自分の都合で捻《ね》じ曲《ま》げます。良い方にも、悪い方にも」

テオは車掌の顔色をうかがった。

「……思い出してないよな？」

「何のことですか？」

テオには一抹の不安があった。

車両がひどく揺れたのは、華依が取り乱したというのもあるが、それ以上に禁句を言ってしまったからだ。

——もし記憶を失えないのなら、自分の存在をこの世から消した方がマシだと思うくらい、私は忘れたい！

比喩的な意味で「死んだ方がマシ」という人間はこれまでにもいたが、華依の叫びはそれとは違った。本当に生きることをやめたいという心からの叫び声だった。それはこの、テオの隣にいる男が身をもって知っていることだ。ただし、本人にその記憶はない。

万人が見惚れる容姿を持ち、ささやかではあるが幸せだったはずのこの男が、記憶を消したいと思ったあのことは、今はテオしか覚えていない。

「どうかしましたか？」

車掌は怪訝《けげん》そうな顔をした。

「別に。ニンゲンは面倒くさい生き物だって、再認識していただけだ」

「テオが人間を語るとは、何だかおかしな感じがしますね……いえ、人間ではないから、語るのが自然なのか……」

「どうでも良いこと、考えてんじゃねーよ。車掌なら、乗客のことを考えてくれ」

「それもそうですね」

結局華依はこの列車を降りるとき、「悪い記憶」として、ケーキのフィルムを落としたことと、男を突き飛ばした記憶を消した。自分のせいだと思わなければ、父親の事故が起きても、その後に影響しないからだ。

その代わり、母親がケーキを買ってきたこと、そして華依をかばうために警察に嘘を言った「良い記憶」も消した。

もっとも、母親の行動が本当に「嘘」だったのかは、車掌やテオにはわからない。もしかしたら、母親は本当に、事故だと思って証言した可能性もある。フィルムを落としたことは事実でも、子どもだった華依は、自分で記憶を変化させてしまった可能性もあるからだ。

必ずしも記憶が真実であるとは言いきれないこともある。そして正しさの基準は一つではない。

「華依さん、幸せになると良いですね」

「どうだろうな。プロポーズした男が、結婚後に豹変《ひょうへん》するかもしれないぞ」

「……怖いことを言いますね」

「俺さまは、ニンゲンじゃないからな」

そうですね、と言いながら、車掌はドアを閉めた。

結婚した華依は、順調な新婚生活をおくっていた。

だが今、不穏な空気がリビングに流れている。

きっかけは些細なことだった。夫婦どちらとも、仕事などで帰りが遅くなるときは、食事の有無も含めて、連絡することになっていた。

だが昨晩、夫がその連絡を怠った。最近そんなことが何度かあった。そのつど作った料理を余らせてしまう。ただそこまでは、華依も我慢していた。

問題はそのあとだった。華依は夕食の残りを、朝食に出した。すると夫が「何これ。朝から重いよ」とボヤいた。

華依も同じ会社で仕事をしている。家事はできるだけ平等に、と決めていたはずなのに、気が付けば負担は華依の方が大きい。専業主婦の母親に育てられた夫との意識にズレがあったことは、結婚してからわかったことだ。

夕食を朝食にしたのも、もとはといえば夫のせいだと思っていた華依は、たまっていた家事分担の不満が口からこぼれた。

「だったら、もう少し家事をして欲しい」

「今は忙しいんだ。同じ会社にいるんだから知ってるだろ」

「知っているけど、私も仕事しているから」

「うるさいな、黙っててくれ！」

忙しさからか、朝のせわしなさからか、夫には余裕がなかった。

「だいたい、母さんは家のことを全部してた。忙しいのはわかるけど、華依ももう少し頑張ってくれよ！　それができないなら、仕事を辞めて専業主婦になってくれよ！」

華依は夫のことを怖いと思った。理由はわからないけれど怖くて、勝手に涙がボロボロ零れてきた。

結婚したことが間違いだったのだろうか。いや、怒らせるようなことを言ってしまったのが悪いのだろうか。

混乱して泣いていると、夫が華依の肩を抱いた。

「ゴメン。僕が悪かった。ついイライラして。家事のことも、連絡を忘れていたことも、僕が悪かった」

華依から少し離れた夫は、頭を下げた。

「図星を指されて、ムキになった。八つ当りをしてしまった。本当にゴメン」

目の前にいる男性が、本気で謝っていることはわかった。華依だって、イライラして、当たってしまうことはある。

華依の涙が止まった。

「次は気をつけてね」

「うん。でも……」

「何？」

家事はやっぱり嫌だというのだろうか。華依がまた、先行きに不安を感じると、夫は恥ずかしそうに視線をそらした。

「とんかつは今日の夜に食べるので、朝は勘弁してください」

本当に無理をしていたのだと思えば、華依は笑うしかなかった。

エピローグ

――春の大雪だ。

テオが列車の窓から、降りしきる雪を見ながらつぶやく。らしくない感傷的な声に、車掌は心配になった。

「チョコ、足りていますか?」

「足りない」

「あ、そこは正常なんですね」

どういうバロメーターだよ、とツッコミはいつも通りだが、キレのない声はやはり気がかりだ。

幼児のように、座席の上に立って外を見るテオは「もうすぐ桜が開花するっていうのに、こんなに雪が降るなんて嫌な予感しかしないぞ」と言った。

車掌も座席に腰をおろし、上半身を捻《ひね》って窓から外を見る。確かに、テオの言う通りだ。列車内は暑さや寒さとは無縁のはずなのに、外の世界の冷たさが伝わってきそうなくらい、雪が積もっていた。

「これはダイヤが乱れますね」

十八番線に停《と》まっている、テオと車掌が乗っているこの列車は、他のホームや周辺の道路からは見えない。車両を確認できるのは、自ら鍵を開け、このホームに入ってきた人だけだ。だがテオや車掌からは十六、十七番線が見える。普段なら電車が到着している時間だが、今日は雪のせいで遅れているらしく、ホームには人が溢れていた。運休になる前に、とにかく乗りたいのだろう。ホームドアがないため、ホームのギリギリまで人が立っている。両手に荷物を抱えた年配の人や、子どもを背負い大きな荷物を持った女性は特に心配になった。

「東京の三月中旬で、こんなに雪が降るなんて、初めてじゃないですか?」

都心の電車は雪に弱い。最近は事故防止のために、計画的に運休するくらいだ。昨夜のうちに運休のアナウンスが出ていないことを考えると、天気予報を上回る降雪量になったのだろう。

窓にくっつきながら外を見ているせいか、テオの顔の前のガラスは白くくもり、水滴を付けていた。

「もっと積もった日はある」

「そうなんですか?」

「約半世紀前な」

「半世紀！　数字で例えるより、長い時間に感じますね」

　テオが何歳なのかは車掌もわからない。ただ知り合ってから、かれこれ……。

「そういえば、私たちが最初に出会ったのも、五十年くらい前ですよね？」

　車掌には、この列車に乗る前の記憶がない。なぜテオと一緒にいるのか、どうして上野駅の十八番線にいるのか。それらのことは一切覚えていなかった。

　何度か訊ねてみたが、テオは頑《かたく》なに語ろうとしない。「それは思い出さなくていいことだ」とこの質問には、普段はよく動く口に鍵をかける。

「ところでテオ、さっきから何を真剣に見ているんですか？」

　車掌が問いかけても反応がない。もう一度、何を見ているんですか？　と少し声を大きくして訊ねた。

「……ちょっとな」

　曖昧な返事は、やはりテオらしくない。

　ホームに電車の到着を知らせる合図が聞こえる。電車はかなり遅れての到着のようだ。遅延を詫びるアナウンスが流れていた。

　電車のライトが遠くで光る。車体が徐々に近づいてきている。

　繰り返し、黄色い線からお下がりください、と切迫した声のアナウンスが流れる。だがその声は、雪と人に消されていた。

トン……、そんな音が車掌のいる場所まで聞こえてきたかと思ったのは、まだ生後半年にも満たないような子どもを背負った、二十代後半くらいの小柄な女性の身体が、宙に投げ出されたのが見えたからかもしれない。雪崩のような人の波が、女性に当たったことは、車掌の目にハッキリと見てとれた。

「ヤバい！」

テオの叫び声が車掌の耳元で聞こえた。だが車掌は叫ぶことも、動くこともできなかった。子どもを背負った女性が線路に転落する。

電車はさらに近づく。車輪がキキー！　と、ブレーキ音をたてる。車体は転落した女性の数十メートル手前まで迫っていた。

「ダメだ、止まれない！」

テオが何か叫んでいた。だが車掌の耳には何も届かない。視界が歪み、自分がどこにいるのかもわからなくなる。ただテオの胸元の時計の針が、これまで見たことがないほど、高速に回転していることだけはわかった。

その瞬間、カチッと車掌の頭の中で鍵が回る音がした。

「あああああ――――！」

目の前がチカチカする。脳を直接突き刺すような痛みを伴い、白い光の洪水が襲い掛かってくる。目を開けていても、閉じていても眩《まぶ》しさが変わることはなく、車掌は床に倒れ込んだ。

誰もいない、何もない真っ暗闇の中に、車掌は閉じ込められる。そこが狭いのか、広いのかも見当がつかない。

出口が見当たらない。自分が生きているのか死んでいるのか、それすらもわからなかった。

※

滑らかさのないコンクリート製のホーム。そこかしこに設置されている灰皿。頭上に連なる行先の表示は、金属製のプレートに文字が書かれていた。

見慣れた風景だが、どこか今と違う場所だ。

これはいつだ?

線路脇には雪が残っている。ホームの隅には集められた雪の山があった。

ああ、昔の自分を「見て」いる、と車掌は思った。

車掌は十八番線のホームに立ち、次々とやってくる客の質問に答えている。溢れんばかりの人を整理し、電車の到着を待っていた。吐く息の白さは気温のせいだけでなく、ホームにいる客のタバコの煙のせいでもあるらしい。

赤子を背負った女性が、両手に荷物を持って十八番線にやってきた。

これは「今」の出来事ではない。車掌の過去だ。過去だとわかっているのに、このあと何が起こるのか、車掌は知らなかった。いや覚えていなかった。

女性は車掌に何か話しかけていたが、なぜか声が聞こえない。ただ、親しげな様子は他の客とは違い、その距離は家族と思わせるものだった。

いくつか言葉を発した女性はその場を離れ、車掌は業務に戻った。さばききれないほどの仕事に追われ、女性のことを考える余裕はなかった。

遠くで電車のライトが見えた。もうすぐ電車が到着する。そのとき車掌の背後で悲鳴が聞こえた。

振り向くと、さっきの女性が線路に転落していた。女性は上体を起こすが、転落時にどこか痛めたのか、その場を動かない。声は聞こえなくとも、子どもが泣いているのは、顔を真っ赤にして涙をこぼしている姿を見ればわかった。

電車は二人のすぐそばまで近づいていた。

「子！」

車掌は叫んだ。だが車輪がこすれる音にそれはかき消される。さっきまで見えていた女性と子どもの姿は、電車に——消えた。

遠くにぼんやりと、一点だけ明るい場所があった。閉じ込められていると感じていたが、一歩一歩足を進めると、光に少しずつ近づく。しばらく歩くと光は明るさを増した。光の中に入ると、車掌の身体が温かさに包まれた。

そこには先刻、ホームで車掌に話しかけていた女性がいた。女性はまたもや、車掌に何か話しかけた。

「　くん　　　覚え　　　　」

「え？　何を言っているのか、よく聞こえない」

目を輝かせている女性の眼差《まなざ》しから、褒められているように思うが、気のせいだろうか。確実にわかるのは、温かさを感じることだ。頑丈な箱の中にしまっておきたいような、大切に抱きしめたいような、そんな優しい感情が車掌の胸の中に広がっていく。

「　記　　　昔　　　忘れ　　」

やはり声は途切れ途切れにしか聞こえない。だけど自分が失った記憶の中で、一番大切な思い出なのかもしれない、と思った。

車掌は手を伸ばして、女性に触れようとした。けれどその手は空を切る。すぐそこにいるはずの女性は笑顔で話しているのに、一定の距離以上は近づくことができなかった。

「どうして？」

車掌が瞬きをした瞬間に、それまで一人でいた女性が、小さな子どもを抱いていた。まだ一人で歩けないくらいの、目元が少し車掌に似ている子どもだ。

真っ赤な顔をして叫ぶように泣いていた。女性は子どもの背中を優しくなでながら、ゆっくりと身体を揺らす。

子どもは安心したのか、しばらくすると泣きやみ、やがて穏やかな顔で眠った。

そこには不快なものは何もなかった。悲しみも、辛さも、切なさも、痛みも、苦しさもなかった。だから車掌は、永遠に時計の針が止まってしまえば良いのに、と思った。思ったけれど。

——私の代わりに、あなたが覚えていて。

一瞬だけ、女性の柔らかな声が、しっかりと聞こえた。

覚えていて？　何を？

車掌はそう、問いかけたかった。だけど今度は車掌の声が出ない。唇から洩れるのは無色透明な息だけで、浮かぶ疑問は形にならなかった。

女性のことも子どものことも知らない。何一つ、記憶の中に存在していない。だから覚えていることなど無理な頼みだ。

真っ暗な、誰もいない十八番線のホームに車掌は立っていた。

謝っても、失ったものは戻らない。だけど謝ることしか、車掌にはできなかった。

「ごめん」

ガタンゴトン。聞こえた音は錯覚かと思った。だが最終の電車はとっくに出発したはずのホームに、その音は近づいてくる。明るいライトに照らされた。

車掌の前で列車が停まる。半世紀くらい前の小型で木製の車体だが、細部まで行き届いた作りと、深みのある臙脂色は、胸を躍らせる豪華さがあった。

ドアが開く。中には――車掌は、瞬きを繰り返した。

そこには、いつも一緒にいる、しゃべる不思議な動物がいたからだ。

※

テオがフーッと長い息を吐いた。線路に転落した女性と子どもの目と鼻の先に、電車は止まっていた。

「無事……ですか？」

「みたいだな。間一髪セーフだ」

女性が立ち上がる。子どもも元気のようだ。遠目で細かいところまではわからないが、大きな怪我はなさそうだった。どうやら最悪な事態は回避されたらしい。

駅員の手を借り、女性と子どもはホームに上がる。心配そうに見守っていた乗客たちが拍手をしていた。

今はもうレールのない十八番線に停まる、列車内の空気が緩んだ。

「あー、安心したら、チョコが食べたくなった」

「それはいつものことですよね？」

何のことだ？　とすっとぼけるテオの胸元の時計の針は、いつものようにグルグルと回っている。

テオはピョンと、座席から飛び降りた。

「記憶なんてものは、生きるためにあるんだ」

「突然どうしました？」

「そんなものに、縛られる必要はないんだ」

女性が転落したことと、何か関係があるのだろうか。テオが考えていることが、車掌にはわからない。ただ気落ちしているテオを見ると、この会話を途切れさせてはならないと思った。

「きっと、縛られたいわけじゃないと思います」

「じゃあなぜ、手放さないんだ？」

「それぞれ事情はあるでしょうが……大切な記憶は、抱えたままでいたいのだと思います。たとえそれが、胸が引き裂かれるほど辛いことでも。それで自分が壊れてしまうと、わかっていたとしても」

車掌の脳裏に、これまでの乗客の顔が思い浮かぶ。悩みの種類は様々だったが、苦しんでいたということは共通していた。

テオも誰かを思い出しているのだろうか。そうだな、と寂しそうにつぶやいた。

「でも、だから消すんだ。……生きるために」

しょぼんとしたその姿があまりにも悲しそうで、車掌は心配になった。

チョコレート不足が脳に来てしまったのだろうか。それとも食べ過ぎで、どこか変調をきたしてしまったのだろうか。

「テオ、本当にチョコは足りていますか？」

医師ではない車掌には、人体のこともわからないが、テオの身体がどうなっているかはもっとわからない。

「俺さまはずっと元気だ。ただ、人の記憶というのは厄介だなと思っていただけだ。今さらだけど――ん？」

テオのしっぽがピンと跳ねる。目がキラキラと輝いた。

どうやら好物の匂いを感じとったらしい。

「今回はあまり驚かさないでくださいね」

「失礼な。俺さまは驚かせたことなんてないぞ」

「……存在そのものが驚きだってことを、少しは自覚してください」

十八番線に入った人間は、テオの姿を見てまずは驚く。

今度の人物はどんな反応をするだろうか。

そんなことを考えながら、車掌は持っていた鍵を宙に放った。

参考文献

『ショパンその全作品』(青澤唯夫／芸術現代社)
『フレデリック・ショパン全仕事』(小坂裕子／アルテスパブリッシング)
『なぜ、上野駅に18番線がないのか？　あなたの知らない東京「鉄道」の謎』(米屋こうじ／洋泉社)
『心のふるさと　あゝ上野駅―ありがとう、18番ホーム』(読売新聞社社会部／東洋書院)

この作品は書き下ろしです。

講談社タイガ

〈著者紹介〉

桜井美奈（さくらい・みな）

2013年、第19回電撃小説大賞で大賞を受賞した『きじかくしの庭』でデビュー。主な作品に『落第教師 和久井祥子の卒業試験』『嘘が見える僕は、素直な君に恋をした』『塀の中の美容室』『居酒屋すずめ 迷い鳥たちの学校』などがある。

幻想列車《げんそうれっしゃ》

上野駅《うえのえき》18番線《ばんせん》

2021年3月12日　第1刷発行　　定価はカバーに表示してあります

著者……………………桜井美奈《さくらいみな》

発行者……………………渡瀬昌彦

発行所……………………株式会社 講談社

〒112-8001 東京都文京区音羽2-12-21

編集03-5395-3510

販売03-5395-5817

業務03-5395-3615

本文データ制作…………講談社デジタル製作

印刷……………………豊国印刷株式会社

製本……………………株式会社国宝社

カバー印刷………………株式会社新藤慶昌堂

装丁フォーマット…………ムシカゴグラフィクス

本文フォーマット…………next door design

ISBN978-4-06-522834-0　N.D.C.913　294p　15cm

講談社
タイガ

凪良ゆう

神さまのビオトープ

イラスト
東久世

うる波《は》は、事故死した夫「鹿野《かの》くん」の幽霊と一緒に暮らしている。彼の存在は秘密にしていたが、大学の後輩で恋人どうしの佐々《ささ》と千花《ちか》に知られてしまう。うる波が事実を打ち明けて程なく佐々は不審な死を遂げる。遺された千花が秘匿するある事情とは？機械の親友を持つ少年、小さな子どもを一途に愛する青年など、密やかな愛情がこぼれ落ちる瞬間をとらえた四編の救済の物語。

講談社タイガ

野村美月

記憶書店うたかた堂の淡々

イラスト
本山はな奈

静乃《しずの》の優しすぎる恋人、誠《まこと》が突如失踪した。職場に連絡すると彼は一年前に亡くなっているという。彼は一体誰だったのか……？ 静乃の脳内に存在する、自分のものではない思い出。これは人の記憶が綴《つづ》られた書物を売買する、うたかた堂の仕業か。記憶に浮かぶ海を、静乃は目指した。冷めた目をした美貌の青年が書物を繙《ひもと》くとき、心に秘めた過去が、秘密が、願いが、解き明かされる！

講談社タイガ

白川紺子

九重家献立暦

イラスト
慧子

母がわたしと家を捨て駆け落ちしたのは、小学校の卒業式の日だった。旧家の九重家で厳しい祖母に育てられたわたしは、大学入学を機に県外へ出た。とある事情で故郷に戻ると、家にはあの頃と変わらぬ頑迷な祖母と、突如居《い》候《そうろう》として住み着いた母の駆け落ち相手の息子が。捨てられた三人の奇妙な家族生活が始まる。伝統に基《もと》づく料理とともに紡がれる、優しくも切ない家族の物語。

講談社
タイガ

相沢沙呼

小説の神様

イラスト
丹地陽子

僕は小説の主人公になり得ない人間だ。学生で作家デビューしたものの、発表した作品は酷評され売り上げも振るわない……。物語を紡ぐ意味を見失った僕の前に現れた、同い年の人気作家・小余綾《こゆるぎ》詩凪《しいな》。二人で小説を合作するうち、僕は彼女の秘密に気がつく。彼女の言う〝小説の神様〟とは？　そして合作の行方は？　書くことでしか進めない、不器用な僕たちの先の見えない青春！

講談社タイガ

路地裏のほたる食堂シリーズ

大沼紀子

路地裏のほたる食堂

イラスト
山中ヒコ

お腹を空《す》かせた高校生が甘酸っぱい匂いに誘われて暖簾《のれん》をくぐったのは、屋台の料理店「ほたる食堂」。風の吹くまま気の向くまま、居場所を持たずに営業するこの店では、子供は原則無料。ただし条件がひとつ。それは誰も知らないあなたの秘密を教えること……。彼が語り始めた〝秘密〟とは？　真っ暗闇にあたたかな明かりをともす路地裏の食堂を舞台に、足りない何かを満たしてくれる優しい物語。

講談社タイガ

芹沢政信

吾輩は歌って踊れる猫である

イラスト
丹地陽子

バイトから帰るとベッドに使い古しのモップが鎮座していた。「呪われてしまったの」モップじゃない、猫だ。というか喋《しゃべ》った!? ミュージシャンとして活躍していた幼《おさな》馴《な》染《じみ》のモニカは、化け猫の禁忌《きんき》に触れてしまったらしい。元に戻る方法はモノノ怪たちの祭典用の曲を作ること。妖怪たちの協力を得て、僕は彼女と音楽を作り始めるが、邪魔は入るしモニカと喧嘩はするし前途は多難で!?

講談社タイガ

小川晴央

終わった恋、はじめました

イラスト
uki

「シュレディンガーの猫」は生と死が重なり合った状態ならば、俺の初恋はシュレディンガーの恋というべきだろう。意地を通し会社を退職した俺に、妹から一年ぶりの電話。病を抱えた高校時代の恋人を捜しに行こうというのだ。彼女の足跡を辿り妹と旅に出た俺が出会う、切なく優しい恋と謎。旅の終着地で俺が目にした終わった恋の結末とは。心に希望が灯《とも》る青春恋愛ミステリー。